KB068883

트리니티 레볼루션
Trinity
Revolution

트리니티 레볼루션
Trinity
Revolution 4

초판 1쇄 인쇄일 2018년 6월 20일 ┃ **초판 1쇄 발행일** 2018년 6월 25일

지은이 임경주 ┃ **펴낸이** 곽동현 ┃ **담당편집 팀장** 이범수
편집부 홍현주 정요한

펴낸곳 (주) 조은세상 ┃ **출판등록** 제 2002-23호
주소 경기도 연천군 미산면 청정로 1355
TEL 편집부 02)587-2966 ┃ FAX 02)587-2922
e-mail bukdu@comics21c.co.kr

임경주 ⓒ 2018
ISBN 979-11-6171-949-8 ┃ ISBN 979-11-6171-801-9(set) ┃ 값 8,000원

※잘못 만들어진 책은 바꿔 드립니다.
※저자와의 협의에 의해 인지는 생략합니다.

임경주 현대판타지 장편소설　　MODERN FANTASY STORY

트리니티 레볼루션 4
Trinity
Revolution

북두
(주)좋은세상

임경주 현대판타지 장편소설

MODERN FANTASY STORY

CONTENTS

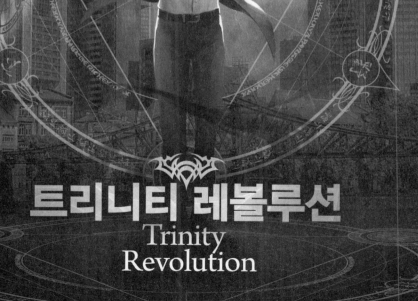

제29장. 경계선 인격 장애

트리니티 레볼루션
Trinity Revolution

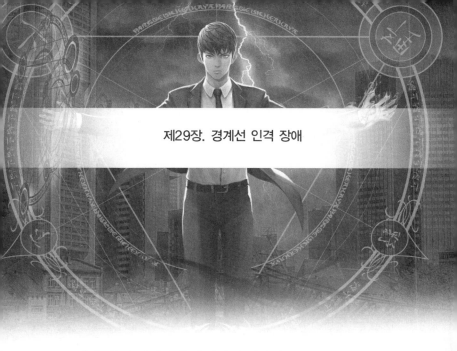

제29장. 경계선 인격 장애

춤을 추던 김일봉이 아내인 순천댁의 손을 붙잡아 일으켜 세웠다.

그러자 쑥스러워 하던 순천댁이 에라, 모르겠다! 춤을 추었고, 김선숙도 엄마 옆에서 덩실덩실 춤을 추었다.

"엄마, 인자 농사 안 지을 거지?"

김선숙이 춤을 추며 물었다.

"땅을 그냥 놀리믄 쓴다냐?"

순천댁도 춤을 추며 대답했다.

"아 좀 하지 마라면 하지 마라고! 몸도 불편하면서!"

"아따 이 가시나야! 내가 알아서 해야!"

"그러면 아프다는 소리를 하지 말든지! 병원비가 더

나오잖아!"

"오메 이 염병할 년이 진짜! 작작 좀 해라, 이 염병할 년
아. 내가 너 땜에 더 일찍 죽게 생겼다."

"뭐? 염병할 년?"

"오냐 이 염병할 년아! 뭔 놈의 가시나가 저런 가시나가
다 있나 모르겠네. 아침부터 사람을 아주 달달 볶아 태워
죽이겄네 염병할 년!"

순간 주위가 싸늘해졌다. 다 들었다.

"호호호! 호호호호! 우리가 원래 이래요."

"내가 저년 땜에 진짜 오래 못 살겄네. 어메를 아주 잡
아먹어. 징한 년."

순천댁은 남편 옆에 앉아 막걸리 잔을 빼앗아 한숨에 들
이켰다.

박지훈이 눈치를 주자, 김선숙도 조용히 자리에 앉았다.

인수는 아무래도 좋았다.

티격태격 싸우는 할머니와 엄마도 익숙한 모습이라 이
모든 것들이 그저 감사하고 행복할 뿐이었다.

하지만 잔치가 벌어지고 있는 장수마을에 이방인이 한
명 있었다.

트렌치 코트의 추적자.

남정우 형사였다.

◇ ◆ ◇

광주지방경찰청.

인수가 329호 검사실의 최훈 검사를 지도검사로 검사시보를 거치는 과정에서 처음 맡게 된 사건은 폭행사건이었다.

피해자는 광주대학교 건축과 2학년 임나경.

전치 2주의 폭행을 당한 여대생은 식당 주인을 가해자로 고소한 상태였다.

한데, 식당 주인은 여학생을 때린 적이 전혀 없다며 무죄를 주장하고 있는 데다가 왜 합의를 해야 하냐고 버티며 검찰로 송치된 사건이었다.

피해자는 있는데, 가해자는 없다?

경찰은 식당 주인이 미쳐서 날뛰며 무죄를 주장하니, 그 날 함께 술을 마신 여학생의 남자 친구도 소환해 조사를 해 보았다.

하지만 남자 친구도 폭행한 사실이 전혀 없다며 무죄를 주장하고 있는 데다가, 식당 안에는 카메라도 없고 증인도 없었다.

식당 주인은 오히려 무고죄와 명예훼손으로 여대생을 맞고소한 상태였다.

지도검사인 최훈 검사는 인수에게 피해 여대생부터 만나 보라고 말했다.

"시간이 좀 걸릴 거야. 이렇게 목격자도 없고, 증거도 없는 상황에서 서로의 입장만 주장하는 사건이야말로 참 애매모호하지. 하지만 시간을 두고 천천히 그 안을 들여다보라고. 중요한 건 삼자대면. 죄를 지은 놈은 튀어나오게 되어 있어. 처음부터 인정하고 합의하면 쉽게 끝날 일을 꼭 이렇게 버티다가 밑바닥까지 다 드러내고 합의하는 양반들이 있다니까. 쯧쯧쯧."

최훈 검사는 식당 주인이 일을 키우고 있다는 뉘앙스를 내비쳤다.

"반성할 기회를 주고, 합의하도록 유도해 봐. 그래도 안 되면 법대로 해야지 어쩌겠어."

"네, 알겠습니다."

최훈 검사는 계장과 함께 가서 피해자인 여대생부터 만나 보라고 했지만, 인수는 혼자서 해 보겠다며 식당 주인부터 만나 보았다.

과연 누가 피해자이고 누가 가해자인가.

우리는 어떤 사건을 대할 때 피의자에게 무조건 좋지 않은 편견을 가질 수밖에 없다.

하지만 밖으로 드러난 현상과는 달리, 그 안을 찢어발기고 들어가면 감춰져 있는 것들은 항상 그 편견과 달랐다.

◇ ◆ ◇

한선포차.

인수가 사전조사를 해 보니, 한선포차는 대학교 후문 유흥가에 자리 잡고 있는 실내포장마차 촌에서 가장 장사가 안 되는 식당이었다.

"사장님, 안녕하세요?"

활짝 열려 있는 문 앞에서 인수가 실내를 들여다보며 인사를 했다.

주방에서 영업 준비를 하던 사장이 인수를 발견하고는 동작을 멈추었다.

"광주지검에서 나왔습니다. 연락 받으셨죠?"

"아, 네…… 이쪽으로 앉으십쇼."

식당 주인은 고무장갑만 벗고 앞치마는 벗지도 못한 채 주방에서 나와 인수에게 자리를 안내했다.

손님을 대하듯 생수를 한 통 가져와 양철탁자에 올렸다.

인수는 자리에 앉아 식당 내부를 둘러보았다.

실내는 양철탁자부터 시작해, 숯불이 들어가는 구멍과 구석구석 깔끔한 것이 식당 주인의 근면성실함을 대변하는 것 같았다.

"휴우."

고개를 푹 숙인 채로 양철탁자만 내려다보던 식당 주인이 무거운 한숨을 내뱉었다.

"그 뒤로 장사가 더 안 되네요. 정말 못 해 먹겠습니다. 제가 살면서 별일을 다 겪었지만……."

식당 주인은 더 이상 말을 잇지 못했다.

생수를 컵에 따라 벌컥벌컥 들이켰다.

"검사님! 저 정말 억울합니다! 앞으로 어떻게 되는 겁니까? 제가 오죽하면 맞고소를 했을까요? 이제 민사 따로 형사 따로 뭐 그렇게 간다면서요?"

식당 주인은 형사재판에서 먼저 가해자로 실형을 받게 되면 민사에도 영향을 끼쳐 100% 질 것이라 판단하고 있었다.

"사장님. 아직 조정이 가능합니다."

"도대체 이 나라의 법은 누구를 위해 존재하는 겁니까? 억울해도! 속이 뒤집어져도! 그 미친 연놈들한테 돈까지 주고 두 손 두 발 닳도록 빌어야 한다는 게 말이 됩니까? 저 끝까지 갈 겁니다."

"천천히 얘기해 보세요. 그때 무슨 일이 있었던 겁니까? 제가 들어 보겠습니다."

"크흐윽!"

식장주인은 잠시 괴로워하더니, 이내 곧 차분히 말을 이어 가기 시작했다.

인수는 식당 주인의 말에 경청했다.

새벽 2시 20분.

영업시간이 끝났음에도 마지막 손님인 임나경과 최영훈 커플은 사랑싸움치고는 굉장히 심한 말다툼을 계속했단다.

"영업시간 끝났습니다. 이제 좀 정리해 주세요."

다른 포차들은 오늘도 매상을 잔뜩 올리고는 정리 중이었다.

하지만 한선포차는 오늘도 파리만 날리며 뜨문뜨문 손님을 받다가 12시가 넘어 지금 이 커플을 받았는데, 두 사람은 계속 싸웠고 집에 갈 생각을 안 하고 있었다.

식당 주인은 두 사람에게 말한 뒤, 슬슬 정리를 위해 밖으로 나가 쓰레기를 분리수거하고, 주변정리를 하고 들어왔다.

한데 남학생은 어디 가고 없고, 여학생이 쓰러져 있어서 다가가 보니 얼굴이 만신창이였다.

"검사님, 전 정말 억울합니다! 죄라면 애들 상대로 술장사한 게 죄입니다!"

식당 주인이 깜짝 놀라서 도와주려고 여학생을 일으켜 세웠는데, 술에 취해 인사불성인 여학생이 다짜고짜 욕을 하며 덤벼들더라는 것이다.

그래서 말렸을 뿐이라고.

'흠⋯⋯.'

인수는 식당 주인의 말에서 진심을 느낄 수가 있었다.

그래도 확인을 해 봐야 했기에 서클을 회전시켜 화이트 존을 통해 확인에 들어갔다.

식당 주인의 말은 모두 다 사실이었다.

인수는 난감해졌다.

식당 주인의 말처럼, 아무런 잘못도 하지 않았건만 억울해도 속이 뒤집어져도 합의를 하고 용서를 구해야 할 판이었다.

◇ ◆ ◇

전남대 병원.

인수가 4인실 입원실 앞에서 이름을 확인하고는 안으로 들어섰을 때, 임나경은 화장실에서 나오는 중이었다.

모두 다 환자복을 입었다지만, 다른 여자 환자들은 나이가 드신 분들이어서 젊고 예쁜 임나경은 눈에 확 띄었다.

인수가 다가오는 것을 확인한 임나경은 인수를 위아래로 슬쩍 훑어보며 침대에 누웠다.

"임나경 씨?"

"네?"

임나경은 눕다가 말았다. 뒤돌아 인수를 보았다.

"안녕하세요? 저는 광주지청 형사2부에서 나온 박인수라고 합니다."

"검사……님?"

언뜻 보면 30대 중반을 훨씬 넘긴 검사인 거 같기도 하고, 또 어떻게 보면 자신과 비슷한 또래처럼 보이기도 해서 물었다.

"검사시보입니다. 사법연수원생으로 실무수습 중입니다."

"아…… 경찰아저씨들한테 다 말했는데 또 말해요?"

"네. 잠깐 얘기 좀 하죠."

인수는 임나경의 얼굴을 살펴보았다.

이마와 한쪽 눈 주위가 새파랗고, 입술과 턱에도 피멍이 잔뜩 들어 있는 것이 주먹으로 가격당한 상처였다.

"무슨 얘기를 또 해……."

임나경은 불쾌하다는 듯 혼자 구시렁거렸다.

"보호자분은 없으세요?"

"엄마 있어요. 방금 같이 있다가 잠깐 집에 갔어요. 금방 오실 거예요."

"네."

인수가 옆으로 다가가 서자, 임나경이 침대에 등을 기대고 꼿꼿이 앉았다.

그렇게 인수를 위아래로 다시 훑어보았다.

인수는 보호자 의자에 앉았다.

"물론 잘 아시겠지만요. 이렇게 피해자는 있지만, 서로들 아니라고 주장하니 가해자가 없는 상황이라 몇 가지 확인을 좀 해야 합니다. 괜찮으시겠어요?"

"가해자가 없긴 왜 없어요? 그 아저씨가 날 이렇게 때렸다니까요? 도대체 몇 번을 말해야 돼. 짜증 나."

"식당 주인이 맞고소를 한 거 알고 있죠?"

"알아요. 그래서 지금 이렇게 일이 커졌잖아요. 진짜 웃기는 아저씨야."

임나경은 무덤덤하게 대답했다.

"화나지 않으세요?"

"화나죠. 하도 어이가 없으니까는 그냥 이러는 거죠. 내가 무슨 몇 천을 요구한 것도 아니고 그냥 치료비만 받고 합의하자면 해 주겠다는데."

인수는 웃으면 안 되는데 하면서도 살짝 웃고 말았다.

"왜 웃으세요?"

"아뇨. 아닙니다. 근데 남자 친구는…… 오늘 안 오나요?"

"그 뒤로 전화도 없어요."

'그렇겠지.'

만나 보지는 못했지만, 여자 친구가 동대문에서 뺨 맞고 남대문에서 화풀이하는 식으로 뜻하지 않게 엉뚱한 사람에게 죄를 뒤집어씌워 고소해 버렸으니, 남자 친구는 자신이 가해자라고 이실직고를 해야 할지 아니면 그냥 지켜봐야 할지 머리가 복잡한 것이다.

술에 취해 여자를 이렇게 때렸으면 지금이라도 찾아와 사과를 하고 잘못된 것들을 스스로 바로잡아야 하건만, 전화조차도 하지 않는다는 것을 보면 이미 틀려먹은 놈이다.

"왜죠? 여자 친구가 이렇게 뜻하지 않은 일로 병원 신세인데?"

인수는 임나경이 남자 친구인 최영훈에게 먼저 전화를 걸어 앞으로 어떡하면 좋겠냐고 물어볼 것이라 예상했다.

그러면 최영훈은 왜 죄도 없는 사람에게 그랬냐며 난 모르니까 너 알아서 하라고 하든지, 아니면 이왕 이렇게 된 거 계속 밀고 나가라는 등 분명 방법을 제시할 것이다.

최영훈이 나 몰라라 하면 임나경은 배신감에 휩싸여 최영훈이 가해자라며 이실직고할 것이고, 방법을 제시하면 두 사람은 공범으로 식당 주인을 가해자로 몰아갈 것이다.

결국엔 최영훈이 앞으로 어떻게 행동하느냐가 이 사건의 핵심이었다.

후자라면 인수는 어떻게든 증거를 수집해, 최영훈이 폭행을 한 가해자이며 식당 주인은 무고한 피해자임을 밝혀내야 했다.

그렇게 이 커플은 법의 심판을 받아 마땅했다.

우우웅.

인수는 서클을 회전시켰다.

화이트존을 통해 임나경의 감정을 통제하며 기억들을 확인해 나갔다.

최영훈이 가해자라는 사실을 입증할 수 있는 증거를 찾아야 했기 때문이었다.

하지만 목격자도 없고, CCTV도 없다.

화이트존이 임나경을 감싸는 순간, 인수의 앞에 새로운 장면이 펼쳐졌다.

그날의 식당, 한창 싸우고 있는 최영훈과 임나경의 앞에 인수가 서 있는 것이었다.

두 사람을 내려다보던 인수는 벽에 걸린 시계를 보았다.

2시 15분.

주방에서 소리가 들려왔다.

고개를 돌려보니, 사장이 두 사람에게 영업시간이 끝났다며 정리를 부탁하고는 쓰레기를 버리러 밖으로 나갔다.

여기까지는 식당 주인의 기억과 똑같았다.

한데 여기서 뜻하지 않았던 변수가 발생했다.

"그만 끝내자! 이제 정말 지겹다!"

최영훈이 너랑 끝이라며, 이별을 통보하고는 밖으로 나간 것이다.

"……!"

그리고 잠시 뒤에 들어온 식당 주인이 주방에서 임나경을 물끄러미 쳐다보고 있는 것이 아닌가!

"아저씨! 소주요, 소주! 여기 소주 가져오라고요!"

"영업 끝났습니다."

"아, 씨발! 여기 돈 있어! 소주 가져와! 소주 가져오라니까?"

"씨발? 어이, 학생! 지금 나한테 욕했어?"

"그래! 욕했다!"

"이런 버르장머리 없는 년 같으니라고! 어린 게 술을 처먹어도 곱게 처먹어야지! 어디서 부모님뻘 되는 사람한테 욕을 해? 야 인마! 너 내가 이러고 있으니까 사람 우스워 보여?"

"아, 씨발! 더럽게 말 많네. 에이, 술맛 떨어져."

임나경이 비틀거리며 일어서서 나가려는 그때 식당 주인이 뒤에서 팔을 붙잡았다.

"뭐야? 이 아저씨 봐라? 어딜 잡아? 이거 못 놔?"

"계산하고 가!"

"계산? 이 아저씨야, 뭔 계산? 소주 달래도 주지도 않으면서 뭔 계산?"

"아 미치겠네! 시끄럽고! 당장 계산부터 해. 3만 6천 원!"

"아 몰라. 내 남자 친구한테 받아. 나 돈 없어."

"남자 친구 어디 갔어?"

"아, 몰라. 그걸 왜 나한테 물어. 짜증 나게……."

"전화 걸어. 전화 걸어서 빨리 오라 해!"

"안 와. 갔어. 날 두고 가 버렸어."

"아 진짜 재수가 없으려니 가뜩이나 장사도 안 되고 죽겠는데. 별 거지 같은 것들이 진짜! 당장 돈 내놔!"

"아 왜 소리야!"

"후! 이리 내. 그 가방 이리 내."

식장주인이 더 이상 참지 못하고 임나경의 가방을 빼앗았다.

"꺅! 아, 씨발 뭔데! 야! 미쳤어? 이 미친 새끼가 진짜!"

"미친 새끼? 그래 너 오늘 미친놈한테 죽어 봐라."

가방을 서로 붙잡고 소리치는 임나경과 식당 주인.

참다못한 식당 주인이 임나경의 얼굴에 주먹을 휘두르는 것이 아닌가!

"더 이상은 못 참아!"

퍽. 퍽. 퍽. 퍽.

가해자는 남자 친구인 최영훈이 아니라 진짜 식당 주인이었다.

우우웅.

깜짝 놀란 인수는 이제 최영훈을 확인해야 했다.

화이트존 안의 시간을 컨트롤 해 최영훈이 밖으로 뛰쳐나가기 전의 기억으로 되돌아왔다.

"아 그러면 그만 헤어져! 나도 너 같은 애랑 더는 못 사귀어!"

말다툼을 하던 최영훈이 벌떡 일어서더니, 신경질적으로 내뱉고는 밖으로 나가 버렸다.

그때 밖에 있던 식당 주인이 안으로 들어왔다.

"아 씨발 소주 달라고!"

임나경이 술에 취해 욕을 내뱉으며 소주를 찾는 장면이 되풀이되었다.

"……!"

인수는 너무나도 당황스러웠다.

식당 주인의 기억과 임나경의 기억.

둘 중에 어느 것이 진짜인가?

이들이 기억을 조작할 수가 있단 말인가?

인수는 급히 화이트존을 거두었다.

그때 임나경이 인수에게 말했다.

"그날 헤어졌어요. 우린 이미 끝났다고요. 이것도 다 말했는데."

임나경의 목소리에 인수는 정신이 번쩍 들었다.

"알겠습니다. 일단 몸 관리 잘하세요."

"네?"

인수가 말하고는 뒤돌아 나가자, 임나경은 어이없다는 표정이었다.

"검사시보라더니 완전 초짜네."

임나경이 침대에 몸을 눕히며 혼자 중얼거렸다.

복도로 나간 인수가 석연찮음에 고개를 돌려 적힌 그녀의 이름을 다시 바라보는 그때였다.

안에서 한 간병인이 나오며 말했다.

"저 아이 참 딱하네."

"왜요?"

"엄마는 무슨. 지금까지 아무도 찾아오지 않았어."

"……."

간병인이 문을 닫을 때 인수는 병실 안을 들여다보았다.

임나경이 돌아누운 채로 기침을 하고 있었다.

인수는 그 길로 최영훈을 찾아갔다.

임나경을 폭행한 가해자라 생각했던 최영훈은 오히려 인수를 대할 때도 당당했다.

식당 주인보다 더 억울해하면 억울해했지, 결코 덜하진 않았다.

"이제는 나경이랑 얽히고 싶지가 않네요. 다시 말하지만 전 말다툼 끝에 헤어지자고 말하고는 식당을 빠져나왔을 뿐이라고요. 그 식당 주인 완전 개또라이. 여자를 그렇게 무식하게 패 버리면 어떡하자고."

그러니 인수의 입장에서는 더욱 더 혼란스러울 뿐이었다.

"식당 주인은 여전히 무죄를 주장하고 있습니다."

술에 취해 행패를 부리는 여자 손님을 때리고는 스스로 119에 신고하는 식당 주인이라.

형사조정으로도 해결이 되지 않아 검찰로 송치되었는데도 여전히 일관되게 무죄를 주장하는 사람.

"그러니까 완전 개또라이죠."

인수는 최영훈을 상대로도 확인이 필요해 서클을 회전시켰다.

그렇게 화이트존을 통해 확인에 들어간 인수는 실로 어이가 없었다.

최영훈의 말도 모두 다 사실이기 때문이었다.

도대체 누구의 기억이 맞단 말인가?

"근데 나경이가 문제가 좀 있긴 있어요."

"문제요?"

하지만 뜻하지 않았던 최영훈의 발언에서 인수는 엉켜있던 실타래를 풀어내기 시작했다.

인수는 다시 전남대 병원으로 돌아오는 길에 최영훈의 말을 떠올렸다.

'가시나가 좀 오락가락해요. 나경이랑 저는 소개팅으로 만났는데요, 처음 만난 날 주선자와 함께 늦게까지 술을 마셨거든요?'

최영훈의 말에 따르면, 주선자와 임나경이 화장실에

다녀온다며 잠시 최영훈을 혼자 두고 밖으로 나갔다고 한다.

최영훈은 두 사람이 밖에서 '어때? 괜찮아?' 하며 자신에 관한 이야기를 나누는 것이라 생각했다.

사실 최영훈은 임나경이 무척 마음에 들었다.

예쁜 얼굴에 밝고 화끈한 성격이라 더할 나위가 없었다.

한데 잠시 후 돌아온 사람은 주선자뿐이었다.

나경이가 술에 취해 몸을 잘 못 가누어서 그냥 집으로 돌려보냈다고 양해를 구하니, 그러려니 생각했다.

그래도 한편으로는 괘씸했다.

잠깐 들어와서 '오늘 잘 만났습니다. 죄송한데 저 먼저 가 볼게요.' 라고 인사하면 누가 싫다는 사람을 계속 붙잡고 다니면서 술을 먹이기라도 한단 말인가.

술도 싫다는 것을 억지로 먹인 것도 아니고 다 같이 분위기가 좋아서 함께 먹은 것이 아닌가.

한데 더욱 기가 막힌 것은 나중에 주선자가 하는 말이었다.

사실 나경이가 그날 그냥 휙 가 버렸단다.

소개를 시켜 준 입장에서는 미안했기에 그렇게 둘러댈 수밖에 없었단다.

최영훈은 괘씸하다 못해 어안이 벙벙했다.

함께 어울릴 때는 말도 잘했고 유쾌했으며 표정이 매우

밝았기에 잘될 것이라 믿었다가, 완전 무시를 당했다고 생각하니 뒤통수를 맞은 기분이었다.

그런데 그렇게 또 한 달 뒤, 나경이에게 전화가 왔다.

그날 인사도 못 드리고 가서 죄송하다고. 그쪽이 맘에 들었지만 술에 취해 실수할까 봐 그랬다고.

최영훈은 그 전화 한 방으로 기분이 확 풀렸다.

그렇게 두 사람은 다시 만났다.

하지만 또 재밌게 놀고 나서 임나경을 집에까지 데려다준 날, 돌아오는 길에 최영훈은 기쁜 마음으로 임나경에게 전화를 걸었다.

하지만 임나경은 전화를 받지 않았다.

집에 들어가 씻고 있느라 전화를 못 받은 것이라 여겼다.

그렇게 넘어갔다. 씻고 나오면 문자라도 할 줄 알았다.

하지만 문자는커녕 다음 날 전화를 해도 임나경은 전화를 받지 않았다.

그렇게 또 보름이 지나도록 임나경은 소식이 없었다.

이때까지만 해도 이른바 '밀당'에 '썸'을 타는 것으로만 여겼다.

주선자에게 임나경에 대해 묻고 싶은 것이 많았지만, 곤란해할까 봐 그냥 참았다.

역시나 또 임나경이 먼저 연락을 해 왔다.

그 뒤로부터는 신기하리만큼 다정하게 굴고 상냥하게 굴 었단다.

그래서 사귀게 되었다고.

하지만 또 잠수에 잠수를 거듭. 자꾸 이런 과정이 반복되 다 보니, 최영훈은 이제 더 이상 버티지 못하고 이별을 통 보한 것이었다.

그렇게 자신이 식당을 빠져나간 뒤 나경이는 식당 주인 에게 주정을 부리다가, 된통 얻어맞은 줄로만 알고 있는 것 이었다.

〈임*경〉

입원실 복도에서 인수는 서클을 회전시켰다.

화이트존이 뻗어 나가 임나경을 감쌌다.

임나경의 기억 속.

인수는 추운 겨울 벌거벗은 채로 현관문을 두드리며 울 고 있는 작은 아이를 만났다.

'엄마 잘못했어요! 문 열어 주세요!'

혹한의 추위.

벌벌 떨고 있는 그 아이의 뒤에 서 있는 인수는 마음이 아려 왔다.

인수는 임나경의 감정을 컨트롤해 스스로 조작한 기억과 진짜 기억을 구분하는 작업에 들어갔다.

최영훈의 말과 임나경의 기억이 일치하지 않는 부분은 모조리 가짜인 것이다.

그리고 곧 그 결과에 기가 찰 노릇이었다.

가해자는 없었다.

남자 친구가 이별을 통보하고 나가자, 이성을 잃은 임나경이 혼자서 자해를 하며 저지른 자작극이었다.

탁자 모서리에 이마와 턱을 찧다가 분이 풀리지 않는지, 스스로 주먹을 쥐고는 눈을 가격하고.

그리고 그 기억을 스스로 조작해 자신이 지닌 병으로 인해 난데없이 마음이 바뀌어 식당 주인을 가해자로 몰아간 것이었다.

경계선 인격 장애(borderline personality disorder).

인수는 임나경의 상태를 한눈에 간파했다.

그렇게 329호실로 돌아와 서울국립정신건강센터에 보낼 임나경의 정신감정의뢰서를 작성했다.

최훈 지도검사가 그런 인수를 뒤에서 물끄러미 지켜보았다.

시간이 좀 필요한 사건일 텐데 벌써 돌아와서 작성하는 것이 정신감정의뢰서라니, 일단은 지켜보는 것이었다.

그렇게 정신감정이 의뢰되었다.

물론 임나경은 정신적인 피해보상을 위한 것이라 생각했다.

하지만 감정 결과 임나경은 인수가 판단한 것처럼, 경계선 인격 장애 판정이 나왔다.

유아기에 엄마에게 직접적인 학대를 받은 것이 가장 큰 원인이었다.

'난 괜찮아. 엄마를 이해할 수 있어.' 라며 그 누구에게도 말 못 하고 혼자만 앓아 왔던 마음속의 병이었다.

아빠에게 이혼을 당한 엄마로부터 바늘에 발바닥과 허벅지를 찔리고, 한겨울에 알몸으로 쫓겨나 현관 문밖에서 울부짖었던 임나경은 상담 과정에서 눈물을 쏟으며 자작극임을 인정했다.

이 사실을 전해 들은 식당 주인은 어이가 없다며 분개했지만, 인생이 불쌍하고 딱하다는 이유로 고소를 취하해 주었다.

인수는 이제 임나경을 상대로 피해자가 아닌, 피의자 신문조서에 들어갔다.

식당 주인이 고소를 취하했고 정신질환으로 인해 치료를 받아야 한다지만, 그 이유로 무고한 사람을 가해자로 몰아 상처를 준 죄를 다 용서받을 수는 없었다.

"나경 양은 지금 반드시 치료를 받아야 하는 아픈 사람이 맞습니다. 치료가 되지 않으면 나경 양의 주변 사람들은 더 아프게 됩니다. 하지만 그 전에 더 중요한 한 가지 사실을 알아야 합니다. 나경 양은 잘못을 했고, 그 잘못에 대한 책임을 져야 한다는 사실 말입니다."

공무집행방해죄부터 시작해 공갈 및 협박죄와 허위신고죄까지 적용할 수가 있지만, 인수는 약식기소로 경범죄 5조를 적용 벌금 100만 원 이하의 법적처벌을 기재한 공소장을 관할법원에 제출했다.

"제법인데?"

최훈 검사가 공소장을 검토한 뒤 칭찬하며 관할판사에게 직접 전화를 걸었다.

우리 최연소 시보가 작성한 공소장이라는 말을 거듭 강조했다.

판사는 검사시보의 기소내용을 인정, 임나경에게 벌금 100만 원의 판결을 내렸다.

인수가 검사시보의 신분으로 해결한 첫 사건이었다.

하지만 인수에게는 화이트존을 통한 문제해결이 이런 변수가 있다는 사실을 확인한 사건이었다.

제30장. 두 번째 첫 키스

트리니티 레볼루션
Trinity
Revolution

제30장. 두 번째 첫 키스

2009년 10월 30일 금요일.

대한민국육군 제16보병사단 사령부 감찰부.

인수가 12연대 5중대 장병들을 상대로 군법교육을 끝내고 돌아와 자리에 앉았을 때, 호주머니에서 휴대폰이 울렸다.

"왔어!"

인수가 휴대폰을 확인하지도 않고는 기쁨의 탄성을 다 내질렀다.

"만세!"

만세까지 불렀다.

하루 일과를 끝마친 시간에 애타게 기다렸던 세영의 전화가 걸려 온 것이다.

인수는 냉큼 전화를 받았다.

"잉? 엄마?"

하지만 막상 받고 보니 기다렸던 세영의 전화가 아니었다.

"나 참, 기다리지 마라니까는. 아 글쎄, 집에 가기는 가는데 약속 때문에 늦게 들어간다니깐? 알았어요, 알았어. 엄마 일단 끊어요?"

김선숙 여사는 아들이 주말을 맞아 집에 온다고 하니, 돼지갈비부터 시작해 흑산도 홍어를 떠 놓았다.

인수가 사법연수원을 수석으로 수료하고 법무관이 된 뒤로, 홍어라면 환장을 하는 부자가 서로 마주 보고 앉아서 소주를 마시며 이런저런 즐거운 이야기를 나누는 모습이 너무나도 좋았다.

하지만 인수는 줄기차게 말했었다.

오늘은 진짜 중요한 약속이 있어서 늦게 들어온다고.

아빠도 기다리지 말고 먼저 주무시라고.

그래도 혹시나 하는 마음으로, 또 박지훈이 시키기도 했고, 김선숙은 전화를 해 보았지만 역시나.

아들은 분명 연애 중인 것이 틀림없었다.

김선숙은 답답해 죽을 지경이었다.

도대체 누구를 만나고 있는 것이냐고 물어보면 항상 돌아오는 인수의 대답.

"아따 므단디 알라 그래. 때 되믄 다 말할 건디."

그러니 김선숙은 요즘 아들에게 무척이나 서운했다.

인수의 삶은 완전히 뒤바뀌었다.

사법연수원 수료식 때도 일가족부터 시작해 친척들이 모두 동원되어 찾아와 축하를 해 주었다.

귀환하기 전과는 완전히 상반된 삶이 펼쳐지고 있었다.

그때는 말 그대로 신뢰할 수 없는 삶이었다.

당시에는 달려오는 트럭에 몸을 던졌던 김선숙이었다.

하지만 지금은 마담뚜를 통한 상류층에서 혼사가 계속 들어와 일명 '초이스' 중이었기에 아들의 이런 비협조적인 태도와 만나는 여자가 누군지도 모른다는 것은 도저히 용납할 수 없는 노릇이었다.

인수의 나이 이제 23세다.

그런데도 일명 마담뚜의 혼사가 계속 들어와 김선숙은 지금도 두 눈을 감으면 꽃길을 걸었다.

마담뚜들이 김선숙의 정신을 혼미하게 만들고 있는 것이었다.

거기에 사법연수원 수료식 때 인수가 연수생 대표로 수료증을 받을 때 터져 나온 박수 소리.

그것은 환희 그 자체였다.

그 최연소 연수생 대표가 바로 자신의 아들이었다.

수료생들의 법조인으로서의 서약을 맹세하고, 국기에 대한 경례를 할 때 밀려오던 폭풍 감동.

연이은 축하 전화로 인해 전화기는 불이 났고, 성가실 정도로 기자들이 집 앞으로 찾아와 취재 경쟁을 펼쳤던 그 화려한 날들.

하지만 지금은 아니었다.

"워메, 참말로 내가 미쳐불겠네. 도대체 누굴 만나는 거야?"

알아야만 했다. 김선숙은 반드시 알아야만 했다.

하지만 엄마는 엄마고, 오늘은 인수에게 무척 중요한 날이었다.

어차피 서울에서 만날 것인데, 세영이 굳이 파주까지 오고 싶다는 것이 아닌가!

그렇다.

오늘이 바로 미래 장인장모님의 초대로 인사를 드리기 위해 세영의 집을 찾아가는 그날인 것이다.

"일단 전화 끊어요. 나중에 통화해요. 알았죠?"

엄마를 겨우 달래 전화를 끊자마자, 세영의 전화가 걸려왔다.

"정문이야? 벌써? 알았어! 바로 나갈게."

인수는 거울을 보며 모자를 고쳐 썼다.

군복도 다시 살펴보았다.

손을 대면 베일 것처럼 다림질로 줄을 쫙쫙 잡은 군복이
었다.

인수는 자신의 모습을 흠, 하며 다시 살펴본 뒤 운전병을
호출했다.

사단군법교육을 끝내고 지프차를 타고 돌아오는 길에,
운전병에게 미리 언질을 해 두었다.

조금 이따가 한 번만 더 수고해 주라고.

내 진짜 여자 친구 구경시켜 준다고.

운전병은 법무장교의 여자는 도대체 몇 명인지 궁금했다.

그 유명한 보보가 면회를 와서 부대가 한 번 발칵 뒤집혔
고, 돌아가며 여자들이 찾아왔는데 그중에는 경찰 제복 차
림의 일명 '쎈언니'도 있었다.

서유정이었다.

남자 친구들도 툭하면 찾아오는 것이 인기가 참 좋은 사
람임에 틀림없었다.

그러니 운전병은 법무장교의 인생이 부러울 따름이었다.

"대한! 차 대기시키겠습니다!"

운전병이 곧바로 달려와 문 앞에서 거수경례를 했다.

"그래. 수고스럽겠지만 정문까지만 부탁해."

"알겠습니다!"

운전병이 뒤돌아 나가자, 인수는 다시 거울을 보며 얼굴
을 요리조리 살펴보았다.

"좋아."

절로 콧노래가 나왔다. 마음에 들었다.

귀환하기 전, 도망치듯 입대해 보병으로 군 생활을 했었던 우울한 때를 떠올려 보면 이보다 더 좋을 순 없었다.

하지만 어쨌든 2번째 군생활인 것은 부인할 수가 없는 사실이었다.

그때도 논산훈련소를 거쳐 지금 이곳 제16보병사단에서 GOP 철책 근무를 했었고 병장으로 만기제대를 했었다.

공교롭게도 지금은 같은 사단에서 법무장교를 하고 있는 것이다.

고등학교와 서울대 법학과를 조기에 졸업하는 과정에서 사법 고시를 패스했고, 사법연수원을 거쳐 지금 이렇게 법무관에 이르기까지 바쁜 시간을 보내 왔다.

그 와중에도 인수는 세영과 꾸준히 연락을 해 왔고, 틈틈이 만났었다.

물론 부작용도 있었다.

세영에게 있어서 인수는 특별하다 못해 자신과는 완전히 다른 사람이었기에 그만큼 또 거리가 생긴 것이었다.

그럴 때면 서로가 서로에게 전하는 손 편지가 오작교처럼 다리를 이어 주는 큰 역할을 해 주었다.

두 사람은 편지로 서로의 마음을 확인하며, 서로를 그리워했다.

귀환하기 전에는 분명 서로가 첫눈에 반해 누가 먼저랄 것도 없이 금방 사랑에 빠져들었지만, 지금은 그때에 비하면 많이 돌아가는 것이었다.

그래도 인수는 비참했던 결혼 생활과 그 비극을 생각하면 돌아가더라도 지금이 훨씬 좋았다.

앞으로 함께할 행복한 시간들만 생각하면 얼마든지 기다려 줄 수가 있는 것이었다.

불타오르듯 빠져들었던 그때의 사랑도 좋았지만, 지금 가랑비처럼 서서히 젖어 드는 사랑도 좋았다.

편지를 주고받다가 주말이 되면 서울에서 만나 거리를 걷고 영화도 보고, 맛있는 음식도 먹으며 데이트를 즐겨 왔다.

그리고 역사가 이루어진 그날은 인수가 먼저 놀이공원에 가자고 제안을 했고 세영은 흔쾌히 응했다.

놀이기구도 타고, 희한한 동물들을 구경하면서 서로 "너다 너.", "아냐! 너야 너!"라며 장난을 쳤다.

사진도 찍으며 즐거운 시간을 보내고 있는데 사람들이 소리치기 시작했다.

"엔젤스다! 보보야, 보보!"

엔젤스의 게릴라 공연이 펼쳐진 것이다.

엄청난 인기였다.

사람들은 화재라도 나서 목숨을 걸고 대피하는 것처럼,

두 사람을 인정사정없이 밀치며 한곳으로 우르르 몰려갔다.

휩쓸리는 것이 인간 파도라는 말이 딱 어울렸다.

그렇게 시끄럽고 북적거리는 사람들 틈에서 인수가 세영의 손을 꼭 붙잡았다.

"꼭 잡아. 내 손 놓치면 미아 되겠다!"

인수가 소리쳤다.

복잡한 사람들 틈에서 세영은 자신의 작은 손이 인수의 큰 손에 쏙 들어간 느낌을 받았다.

세영은 그 작은 손을 인수에게 맡겼다.

힘이 참 강했고, 따뜻한 마음이 전해져 왔다.

인수와 세영은 그렇게 열렬히 환호하는 사람들의 뒤에서, 엔젤스의 공연을 지켜보았다.

세영은 그날 보보가 참 예뻐 보였다.

원래 예쁘다는 사실을 잘 알고 있었지만, 같은 여자가 보아도 부러울 정도로 너무 예뻤다.

그런데 엔젤스의 공연이 끝나고 난 후, 인수에게 전화가 걸려 왔다.

공교롭게도 수연의 전화였다.

"나를 봤다고? 우와."

수연은 무대에서 공연을 하는 도중, 그 수많은 관객들 속에서 인수를 발견한 것이었다.

[오빠! 저 정말 신기했어요! 지금 어디세요?]

"넌 지금 어딘데?"

[저 여기 무용수들 대기실이요! 오빠 잠깐 봬요! 네?]

"그래. 잠깐 보지 뭐. 지금 그쪽으로 갈게. 근데, 일반인이 들어갈 수 있나?"

[앞에 오시면 전화 주세요. 아니, 아니요! 전화 끊지 마시고 오세요! 지금 제가 나갈게요.]

놀이공원의 무용수들이 대기하는 장소 앞에 이르자 보안요원 두 명이 지키고 있었다.

인수가 도착했을 때 수연도 곧바로 문을 열고 밖으로 나왔다.

무대복장을 갈아입지도 못한 상태였다.

"오빠!" 하면서 어린아이처럼 마냥 반가워 달려오는 수연을 주변의 팬들이 놀라서 사진을 찍기 시작했다.

수연은 그런 팬들의 시선을 전혀 의식하지 않았다.

오직 인수만 보였다.

"오빠, 딱 걸렸어요. 저한테 제대로 걸렸음."

"매의 눈인데?"

"혼자 왔어요?"

"안녕하세요?"

뒤에서 세영이 두 사람의 대화에 끼어들며 먼저 인사를 했다.

"네…… 안녕하세요……."

수연의 목소리가 작아졌다.

분위기가 어색해졌다.

"기념사진 찍자."

인수가 전화기를 들고는 셀프카메라를 찍기 위해 팔을 높이 들어 올렸다.

그러자 수연이 재빨리 인수의 옆에 섰다.

활짝 웃는 얼굴로 손가락 하트를 만들었다.

"어? 뭐 해?"

화면에 세영이 없다.

인수가 팔을 든 채로 세영을 보았다.

세영이 어색해하며 화면 안으로 들어왔다.

찰칵.

인수의 얼굴을 중심으로 화려한 대스타의 얼굴과 평범한 일반인의 얼굴이 양쪽으로 화면에 담겼다.

"한 번 더."

찰칵.

"마지막."

찰칵.

"오빠, 어디 봐요."

수연이 인수의 전화기를 빼앗듯 낚아채더니 사진을 보며 좋아했다.

"잘 나왔다. 세 장 다 오빠가 정말 잘 나왔다. 오빠, 이 사진 꼭 보내 줘야 돼요? 알았죠?"

"응. 지금 보낼게. 그전에 잠깐만. 두 사람 서 봐."

세영이 마지못해 수연과 나란히 섰다.

찰칵.

수연은 자연스럽게 포즈를 취하지만, 세영은 딱 얼어붙었다.

"한 번 더."

찰칵.

"마지막."

찰칵.

"오! 잘 나왔다."

인수가 찍은 사진을 보는 그때 수연이 박수를 치며 말했다.

"아 참, 언니 잠깐만요. 꽃 좀 가져가세요."

"꽃?"

수연이 말하고는 안으로 들어가더니, 잠시 후 꽃다발을 잔뜩 들고 나왔다.

"언니 이거 챙겨 가세요. 안에 너무 많아요."

"와. 역시 대스타는 달라. 이리 줘."

인수가 세영을 대신해 꽃다발을 받아 안았다.

그때 문 안쪽에서 보보를 찾는 소리가 들려왔다.

"야! 너 꽃 들고 또 어디 간 거야? 출발해야 돼!"

"이크! 그럼 오빠, 전 또 이동해야 해서요. 힝."

수연이 울상을 하며 아랫입술을 내밀었다. 두 손을 흔들며 뒷걸음질 쳤다.

"밥이랑 잘 챙겨 먹으면서 일해."

"힝. 밥 먹을 시간도 없어요. 하지만 오빠가 맛있는 걸 사준다면 전 언제든지 시간을 내죠!"

"알았어. 내가 전화할게."

"정말요?"

"그럼."

"약속! 오빠 빨리 약속이요!"

수연이 새끼손가락을 걸어왔다.

인수가 그 손가락에 자신의 새끼손가락을 걸자 수연이 엄지로 도장을 찍고 카피까지 떴다.

"약속했어요?"

"그래, 알았어."

"진짜 약속했어요?"

"그렇대도."

"알았어요…… 언니…… 잘 가세요."

"응……."

아쉬워하는 수연을 향해 세영이 어색하게 손을 흔들어주었다.

그렇게 꽃다발을 들고 놀이공원에서 실컷 놀고, 서울로 돌아왔는데 광화문 광장에서 촛불집회가 열리고 있었다.

미국과의 자유무역협정과 관련하여 소통을 원하는 시민과 불통을 고집하는 정권 사이에 바리케이드가 쳐졌다.

시커먼 철판과 쇠창살로 무장한 전경 차량이 광화문 광장을 양분한 채로 철옹성처럼 버티고 있었다.

농부도, 노인도, 젊은이도, 유모차를 끄는 새댁도 소통을 위해 바리케이드를 붙잡고 흔들지만 그 함성은 철갑 차량을 넘어서지 못했다.

차가 꽉 막혔다.

인수는 차를 다시 돌려 한산한 곳에 차를 세우고는 집회에 참가했다.

하지만 평화집회는 경찰들의 과잉진압을 시작으로 유혈 사태로 번지기 시작했다.

경찰 살수차가 물대포를 쏘고, 일명 지랄탄이라고 불리는 최루탄이 연쇄적으로 터졌다.

시커먼 방패를 앞세우고 무장한 경찰이 저 위대한 마케도니아의 방진 팔랑크스처럼 시민들을 밀어붙였다.

불통에 강제진압 그리고 색출이 촛불평화집회에 참가한 시민들을 향한 현 정권의 뜻이자 방향이었다.

군주의 말에 무조건 복종해야 했던 신민에서 평등을 부르짖는 인민으로, 그리고 인민은 주권을 가진 시민으로 나아가고 있는 역사의 흐름을 거부하고 있는 것이었다.

인수는 그곳에서 경찰들의 방패에 밀려 힘없이 넘어지는 여자들을 보았다.

그중에는 유모차를 밀고 있는 젊은 새댁도 있었다.

"어머! 어떡해!"

세영이 비명을 내질렀다.

인수가 튀어 나가려는 순간, 옆에서 무장한 경찰들이 진압봉을 휘두르며 세영에게도 달려들었다.

인수는 순간 옆에 있는 세영을 잠시라도 혼자 두는 것이 걱정되었다.

"저 아기 어떡해!"

한데, 갑자기 세영이 소리치며 앞으로 뛰쳐나갔다.

유모차를 몰고 있는 아기엄마가 실랑이를 벌이고 있는 경찰들에게 떠밀리면서 옆으로 넘어졌는데, 물대포가 방향을 트는 과정에서 유모차를 뒤집어 버린 것이다.

"세영아!"

순간, 달려 나가던 세영을 향해 물대포가 또 방향을 바꾸었다.

여차하면 물대포에 정면으로 얻어맞고 뒤로 날아갈 상황이었다.

"쉴드!"

콰하앙!

세영의 앞에 마나의 막이 쳐지며 물이 퍼져 나갔는데, 반구체가 만들어지고 있었다.

"……?"

세영은 물대포가 자신에게 발사되어 움찔했다가 멍해졌다.

자신을 보호해 주고 있는 이 보이지 않는 막이 신기해서 고개를 갸우뚱거릴 뿐이었다.

"아기야! 괜찮아?"

세영은 즉시 넘어진 유모차를 바로 세우고는 그 안에서 자지러지게 울고 있는 아기를 빼서 안아 들었다.

"오오, 울지 마. 괜찮아. 이제 괜찮아."

세영은 아기를 품에 꼭 안고 얼렀다.

"고마워요!"

아이 엄마가 세영의 옆으로 다가왔다.

세영은 아기를 엄마의 품에 안겨 주었다.

다행히도 크게 다치진 않아 보였다.

인수는 이제 물대포의 방향을 수직으로 틀어 하늘로 쏘았다.

쿠하아아아아아!

물대포는 분수처럼 하늘로 올라가 비처럼 쏟아져 내렸다.

경찰 가스차도 최루탄의 방향을 뒤로 돌렸다.

파바바바방!

엉뚱한 곳으로 지랄탄이 터지고 있었다.

세영은 투명한 막이 눈앞에서 사라지자, 온통 젖은 채로 주위를 두리번거리며 인수를 찾았다.

정신을 차리고 보니 무서워졌다.

"인수야! 인수야! 어디 있어?"

겁에 질려 인수를 찾는 그때 누군가가 불쑥 들어오며 두 손으로 양쪽 볼을 붙잡았다.

"……!"

그렇게 입술이 들어올 때 알았다.

인수였다.

세영은 두 눈을 감았다.

인수의 입술을 거부하지 않았다.

파바바방!

쿠하아아아아아아!

그렇게 불통을 위한 지랄탄이 터지고, 물대포가 하늘로 쏘아지는 광화문 광장 촛불집회 현장에서 인수는 세영에게 다시 첫 키스를 해 버렸다.

자기도 모르게.

최고의 프러포즈를 고민 중이었건만.

인수는 세영을 바래다주는 길에, 잠시 집에 들렀다.

홀딱 젖은 세영을 그 상태로 돌려보낼 수는 없었다.

"일단 씻고 있어. 옷 좀 사 올게."

인수가 혼자 사는 집에 세영은 몇 번 오긴 했지만, 오늘만큼은 낯설고 어색하기 짝이 없었다.

인수도 어색해서 옷을 사 온다는 핑계로 곧장 밖으로 튀어 나갔다.

세영이 먼저 편하게 샤워를 하라는 배려도 있었다.

샤워를 끝내고 나온 세영은 인수를 찾았다.

"인수야?"

문을 살짝 열고는 인수를 불렀다.

"인수야…… 나 나가도 되는 거지? 아직 안 들어온 거 맞지?"

집 안은 고요하기만 했다.

수건으로 몸을 가리고 나온 세영은 갈아입을 옷이 없어 안방으로 들어가 옷장을 열어 보았다.

하필이면 그때 현관문 밖에서 잠금장치의 버튼이 눌러지는 소리가 들려왔다.

깜짝 놀란 세영은 손에 잡히는 대로 옷을 빼서 걸쳤다.

인수의 흰색 와이셔츠였다.

"어? 세영아?"

인수는 욕실 문이 열려 있는 것을 보고는 세영을 불렀다.

"어디 갔지?"

거실을 두리번거리며 안방으로 들어가는 그때였다.

안방 문이 닫혔다.

인수는 그 문을 손으로 탁 잡아 버티고는 고개를 살짝 내밀어 안을 들여다보았다.

"꺅! 안 돼! 나 보지 마."

세영은 겨우 단추를 채운 상태였다.

"어……."

"보지 말라니까!"

"알았어."

인수는 문을 닫아주고는 그 문에 등을 기대었다.

입가에 미소가 번졌다.

똑똑.

"이거…… 받아."

인수의 노크 소리에 문이 살짝 열렸다.

인수가 그 틈으로 쇼핑백을 건네주자 세영이 안에서 받아 들었다.

"고마워. 너도 씻어야지."

"그래야지. 근데……."

"응?"

"나 너 지금 보고 싶은데……."

"안 돼."

"싫어. 볼 거야."

인수가 씩 웃으며 돌아섰다.

문에 손바닥을 대고는 밀었다.

"꺅!"

세영이 열리는 문을 닫기 위해 두 손으로 버티었지만, 역부족이었다.

"꺄악! 안 돼!"

세영의 장난 섞인 비명과 함께 문이 열렸고, 인수가 안으로 들어갔다.

포기한 세영이 뒤돌아 도망칠 곳을 찾는 그때였다.

인수는 그대로 달려가 세영을 뒤에서 낚아채듯 안았다.

팔뚝에서 전해져 오는 그 묵직하고도 깊은 힘. 그와 동시에 가슴에서부터 전해져 오는 따뜻한 마음.

"어우 야……."

"잠깐만. 그냥 잠깐만 이대로 있자. 너무 행복해서 그래."

"……."

"알아. 넌 아직 모를 거야. 내가 다 말해 줄게."

"뭘……."

"할 말이 있어. 중요한 이야기야. 꼭 해야 할 말이기도 하고. 네가 꼭 알아야 하기도 하고."

인수는 세영이 유모차에서 아기를 구했을 때 민아를 안고 있는 아내로 보였던 것이다.

말은 하지 않아도 그 묵직한 감정이 지금 세영에게 전해
지고 있었다.

그리고 또 하나.

아직은 언제 튀어나올지 모를 두 명의 인격에 대해서도
세영이 알아야만 했다.

"알았어. 일단 씻고 와."

"씻고 오면?"

"안아 주는 거 정도야. 뭐⋯⋯."

"정말?"

"아, 몰라. 엉큼해."

"남자가 다 이런 거지. 나 바로 씻고 나올게!"

인수는 욕실로 달려갔다.

그러다가 갑자기 멈추더니, 뒤돌아 소리쳤다.

"잠깐만!"

"응?"

"너 그대로 있어 줘. 옷 갈아입지 마."

"그⋯⋯ 그건!"

인수는 세영의 대답을 듣지도 않고 욕실로 들어갔다.

"싫어!"

닫힌 욕실 문을 향해 세영이 소리쳤다.

인수가 샤워를 하고 나오니, 세영은 인수가 새로 사 온

옷으로 갈아입은 뒤였다.

분홍색 털 스웨터에 청치마를 입은 세영은 거울을 보다가 욕실 문이 열리자, 소파에 어색하게 앉은 상태였다.

"어? 약속 지켜야지?"

"무슨 약속?"

"뭐야."

"뭐가 뭐긴 뭐야? 이 아저씨 왜 이러셔?"

"어 진짜 뭐야. 옷 안 갈아입기로 약속했잖아?"

세영이 곁눈질을 했다.

"분명 싫다고 대답했는데?"

"언제? 난 못 들었는데?"

"그만 투정 부리고, 말해 봐."

"뭘?"

"중요한 말이라며. 그리고 아까 말이야. 밖에서도 그렇고, 안에서도 그렇고…… 앞으로 그렇게 기습적으로…… 또 그러면 곤란해."

"어쩔 수 없었어."

"뭐가?"

"네가 너무 사랑스러워 보였단 말이야."

인수는 목에 걸고 있던 수건을 세영의 옆에 탁 던졌다.

세영이 옆에 떨어진 그 수건에서 시선을 떼는 순간 인수가 또 입술을 덮쳐 왔다.

"읍······!"

세영이 인수의 어깨를 밀쳐냈다.

"너 계속 이럴 거야?"

"응. 계속 이럴 거야."

세영이 소파 뒤로 무너졌다.

인수가 계속 들이대기 때문이었다.

"남자라면 날 지켜 줘야지, 이렇게 억지로 이러는 게 어디 있어?"

"남자니까 오늘 네 입술만큼은 빼앗아야겠어. 질릴 때까지."

인수가 다시 입술을 포개 왔다.

세영이 입술을 열었고, 인수의 혀를 받아들였다.

이제는 세영이 더 적극적으로 나섰다.

원래가 이렇게 뜨거울 때는 그 누구보다 더 뜨거운 여자라는 사실을 잘 알고 있는 인수였지만.

세영은 인수가 샤워를 하는 동안, 전화기의 사진을 보았다.

사진 속의 자신은 인수와 수연, 두 사람의 들러리로만 보였다.

세영은 지금 단단히 자극을 받은 것이었다.

하지만 이렇게 중요한 순간에, 인수가 우려했던 일이 기어코 발생하고야 말았다.

인수의 손이 세영의 가슴을 향해 올라왔고, 세영이 그 손을 허락한 바로 그 순간이었다.

"……!"

"……!"

위소의 인격이 튀어나와 버린 것이다.

키스를 나누던 두 사람은 잠시 멈췄다가 화들짝 놀라 서로를 밀쳐냈다.

"누구세요?"

세영이 손가락을 세워 위소를 가리키며 물었다.

그 손가락이 달달달 떨렸다.

인상도 험악한 데다가 덩치도 남산만 한 이 남자가 갑자기 어디에서 나타났단 말인가?

"나는……."

위소도 깜짝 놀라서 말문이 막힌 것은 마찬가지였다.

"꺄아아악!"

세영이 비명을 내지르자, 위소도 화들짝 놀라서 어쩔 줄을 몰라 했다.

"부인! 아니 소저! 놀라지 마시오!"

"꺄악!"

"아니, 그게!"

위소가 손을 뻗어 오자, 세영이 깜짝 놀라 뒷걸음질을 치다가 다리가 풀려 넘어지고 말았다.

"오지 마! 저리가!"

"어허! 나는 나쁜 사람 아니다."

"인수야! 인수야? 어디 있어? 살려 줘!"

세영은 울먹이며 인수부터 찾기 시작했다.

그렇게 뒤로 도망쳤다.

"소저. 일단 일어나시오."

위소가 다시 손을 뻗어 왔다.

"강도야! 살려 주세요! 오지 마! 다가오지 마!"

"어허! 아니라니까."

"어허어엉."

"알았다. 나 가만히 여기 있겠다."

"인수야? 인수야?"

세영은 실성한 사람처럼, 여전히 주위를 두리번거리며 인수만 찾을 뿐이었다.

얼굴은 눈물범벅에 콧물범벅이 되었다.

"인수 여기에 있다."

"네?"

위소가 주먹으로 자신의 가슴을 팍팍 쳤다.

지금 이 상황을 뭐라고 설명해야 하는데, 조리 있게 설명할 자신이 없어서 입을 닫고 말았다.

"쩝."

세영은 조금씩 이 눈앞의 괴물 같은 남자가 험하게는

생겼어도, 자신을 헤치지는 않을 것 같다는 느낌이 들기
시작했다.

"……누구세요?"

"흠."

"여기 어떻게 들어왔어요?"

"쩝."

"말을 해 보세요. 경찰 부를 거예요!"

"나는 위소다."

"위소?"

"그렇다."

"이름이 위소?"

"맞다."

"너의 이름은 세영. 김세영."

"내 이름을 어떻게 알아요?"

"인수가 알려 줬다."

"인수가요?"

"그렇다."

세영이 서서히 몸을 일으켰다.

그러자 위소가 오히려 뒷걸음질 쳤다.

세영을 안심시켜 주기 위해서였다.

"나는 나쁜 사람 아니다. 걱정 마라."

"잠시만요."

세영이 호흡을 길게 하며 숨을 골랐다.

어느 정도 진정이 되자 침을 꿀꺽 삼키고는 물었다.

"아저씨…… 인수 어떻게 알아요?"

"내가 인수고 인수가 나다."

"네?"

"내 안에는 인수도 있고 바수라도 있다."

"……."

위소는 세영을 힐끔 내려다보고는 다시 말해 주었다.

"바수라. 바, 수, 라."

"바수라?"

"맞다. 바수라. 아직 어리다. 애기다. 요만 하다."

위소가 자신의 허리춤에 손을 올리며 바수라의 키가 요만 하다고 알려 주었다.

"무슨 말이야…… 인수야……? 인수야아아? 너 어디 있는 거야?"

세영은 위소의 말을 알아들을 수가 없었다.

여전히 넋이 나간 사람처럼, 주위를 두리번거리며 인수만 애타게 찾을 뿐이었다.

위소라는 이 거대한 덩치의 뒤로 돌아가 안방으로 들어가면 마치 인수가 잠을 자고 있을 것만 같았다.

"인수가 나오는 시간 모른다. 그때그때 다르다."

위소가 소파에 앉았다.

자신도 입장이 곤란한지라, 인수가 나와 주기를 기다리는 것이었다.

실내에는 정적만이 흘렀다.

벽시계의 초침 돌아가는 소리만 들려왔다.

"저기요…… 아저…… 씨?"

세영이 또 침을 꿀꺽 집어삼키며 위소를 불렀다.

위소가 슥 돌아보자, 세영은 화들짝 놀라 심장이 떨어져 발바닥 앞에 떨어지는 기분이었다.

"위소. 내 이름 위소."

"위소… 씨……."

위소가 고개를 끄덕였다.

"거기…… 방에……."

"인수 없다."

"……."

"인수 여기 있다."

위소가 또 손바닥으로 가슴을 팍팍 쳤다.

"무서워 마라. 나는 나쁜 사람 아니다."

"인수야……."

"인수 없다."

"인수야……."

"인수 여기 있다."

"거기 있으면 좀 불러 주세요……. 인수 좀 내 앞에 나타나게 해 주세요. 제발요."

"소용없다. 나도 모른다."

"인수야……."

"인수 없다."

"……."

이제 세영도 더 이상 인수를 부르지 않았다.

"쩝."

위소도 난감해서 쩝쩝거릴 뿐이었다.

다시 정적만이 흘렀고, 세영이 용기를 냈다.

가만히 있기보다는 직접 두 눈으로 인수를 찾아야겠다고
마음먹은 것이다.

세영은 위소의 눈치를 살피며 발을 움직였다.

위소는 일부러 가만히 앉아만 있었다.

세영이 놀랄까 봐 숨소리조차 조심스러웠다.

세영이 위소를 향한 경계를 풀지 못한 상태로 화장실로
살금살금 가더니, 그 안을 들여다보았다.

역시나 인수는 없었다.

다시 작은 방으로 향했다.

여전히 인수는 없었다.

이제 남은 것은 안방.

세영은 용기를 내서, 위소의 옆을 지나쳐 안방을 들여다
보았다.

"인수 없다."

그때 바로 옆에서 위소가 말하자, 세영은 화들짝 놀랐다. 하마터면 다리가 풀려 주저앉을 뻔했다.

"인수야!"

세영은 결국 원망하며 울부짖듯 소리치고 말았다.

위소가 화들짝 놀라는 순간, 인수의 의식이 다시 솟구쳐 올라왔다.

외모도 변했다.

그 거대한 덩치가 작아지며 변화를 일으키더니, 인수의 모습으로 되돌아온 것이다.

"세영아."

"너…… 방금 너……."

세영이 뒷걸음질 쳤다. 똑똑히 보았다.

다시 되돌아온 인수의 모습은 더 큰 충격이었다.

꼬르르.

결국 세영은 그 충격을 이기지 못했다.

의식을 잃고는 쓰러지고 말았다.

인수가 벌떡 일어나 세영을 안아 들었다.

세영이 안방 침대에서 다시 깨어났을 때 인수는 전생에 관한 모든 것을 말해 주었다.

하지만 귀환에 관한 부분은 아직 말할 수 없었다.

"그러니까……."

세영이 말을 하다 말고는 호흡을 다시 했다.

"후우. 그러니까 네 안에 2명의 인격이 존재하는데……
그들이 전혀 다른 사람이 아니고 너의 전생이라고?"

"그래."

"이름이…… 위소…… 바수라?"

"응."

"내가 만나 본 그 덩치 큰 아저씨가 위소."

"맞아."

"바수라는 아직 내가 만나 보지 못했고?"

"아니. 예전에 만나 보았을 텐데 잘 기억하지 못할 거
야."

"아냐…… 맞아! 기억났어! 세상에! 그때 내가 잘못 본 건
줄 알았는데!"

세영은 예전에 집 앞에서 겪었던 이상한 현상을 떠올렸
다.

눈앞에서 잠깐 사람이 변한 것 같다고 착각했었는데, 그
것이 진짜였던 것이다.

"그런데…… 그 인격이 튀어나오면 외모도 변한다고?"

"그렇다니까."

"말도 안 돼."

"이해해. 믿어지지가 않겠지."

트리니티 레볼루션
Trinity
Revolution 4

인수가 세영의 손을 꼭 붙잡았다.

그러자 세영이 그 손을 지그시 내려다보더니, 고개를 흔들며 뺐다.

"미안해. 나 혼란스러워."

"세영아."

"나 집에 가고 싶어."

"……."

세영이 몸을 일으켜 문으로 향했다.

인수는 여전히 침대에 걸터앉은 채로 움직이지 않았다.

"난 누구와 사귀는 거야?"

세영이 안방 문 앞에서, 발을 멈추고는 물었다.

이대로 방문을 열고 나가면 다시는 돌아오지 않을 사람처럼.

"서로 다른 사람이 아니야."

"넌 아니겠지만, 난 분명 다른 사람이야. 처음 보는 사람이고! 완전 무섭게 생긴 아저씨야!"

"받아들이기 힘들다는 거 알아. 하지만 그들이 없었다면 지금의 내 삶은 존재하지 않아. 내가 가진 능력은!"

인수는 말을 하다가 세영의 눈동자를 보고는 멈추었다.

충분히 세영의 마음을 이해했다.

위소와 바수라가 자신에게는 같은 사람일지 몰라도, 세영에게는 전혀 다른 사람인 것이다.

"인수야. 받아들이기 힘든 문제가 아니라, 받아들일 수가 없는 일이야. 우리 또…… 갑자기 그 아저씨 튀어나오면 난 어떡해? 내가 어떻게 너 아닌 다른 남자와……."

세영이 차분히 말을 하다가 말고는 울먹이며 소리쳤다.

"사실을 말해 줄까? 난 지금 너 하나도 벅차!"

"……."

세영의 진심이었다.

그동안 꾹꾹 참아 왔던 감정이 터지고 말았다.

평범한 보통 여자가 천재도 혀를 내두르고도 남을 특별한 남자를 사귄다는 것은 세영의 말 그대로 벅찬 일이었다.

그런데 2개의 인격이 더 존재한다니.

그리고 그 2개의 인격이 모두 자신과 동일하다는 것을 이해해 달라니.

어쩌면 그 전에 우리의 인연이 여기까지라는 사실을 먼저 받아들이고 인정해야 하는 것이 올바른 수순일지도 모를 일이었다.

인수가 몸을 일으켜 다가가 세영을 안아 주며 말했다.

세영이 인수를 밀쳐냈다.

인수는 다시 세영을 안았다.

"그들의 의식은 수면 아래에 있지만, 지금 너의 말을 들었을 거야. 이제 그들은 너를 위해서, 아니 우리를 위해서라도 다시는 우리 앞에 모습을 드러내지 않을 거야. 그들은 그렇게 착한 사람들이야."

"싫어…… 듣고 싶지 않아!"

인수는 고개를 저으며 우는 세영을 힘껏 안아 줄 수밖에 없었다.

"놀라게 해서 미안해."

인수의 말에 세영은 울음으로만 대답할 뿐이었다.

그 뒤로 한동안 연락이 끊겼다.

하지만 인수는 다른 사람이라면 몰라도, 호기심이 강한 세영이라면 반드시 다시 연락해 올 것이라 믿고 있었고, 한 달이 지난 뒤 세영에게 연락이 왔다.

제31장. 이해의 길

트리니티 레볼루션
Trinity
Revolution

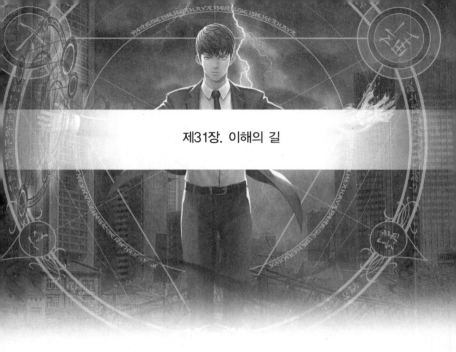

제31장. 이해의 길

인수의 집.

소파에 앉아 있는 세영은 이제 두 눈이 호기심으로 반짝반짝 빛날 정도였다.

"나 이제는 궁금해졌어. 그들의 삶이."

표정을 보아하니, 마음에 여유도 생긴 것 같아 보였다.

"이거…… 변덕이 너무 심한 거 아닙니까?"

인수의 말에 세영의 얼굴이 사뭇 진지해졌다.

"나 지금 엄청 진지해. 나머지 한 사람…… 소개시켜 줄 수 있어?"

"너만 준비되어 있다면."

"나 이제 놀라지 않을 거야. 준비됐어. 걱정 마."

세영이 마음의 준비를 하며 숨을 크게 들이마셨다.

"정말?"

"그렇대도."

"알았어. 그런데 그게…… 나도 곰곰이 연구를 해 보니까."

"……."

"키스를 깊게 해야 다른 인격이 나오는 거 같은데…… 괜찮겠어?"

"키스?"

"응. 키스. 그냥 키스가 아니라…… 깊고 진해야……."

"후! 후후후!"

인수는 세영이 긴장을 풀기 위해 호흡을 계속 내뱉는 모습이 너무 귀여웠다.

"정말 괜찮겠어?"

"응? 괜찮아! 나 준비됐어!"

세영이 두 눈을 꾹 감았다.

두 주먹을 불끈 쥐었다.

인수가 세영의 두 볼을 잡고는 키스했다.

세영의 입술이 열리고, 서로가 서로를 받아들이는 순간이었다.

이번에는 바수라가 튀어나왔다.

"……!"

트리니티 레볼루션
Trinity
Revolution 4

눈을 뜬 세영이 바수라를 보고는 깜짝 놀라 고개와 몸을 반사적으로 비트는 순간이었다.

우우우웅.

놀란 것은 바수라 역시 마찬가지였다.

놀라서 뒤로 나자빠진 바수라는 서클이 저절로 회전하는 것을 막을 수가 없었다.

통제가 불가능했다.

순식간에 생성된 화이트존이 세영을 집어삼켰다.

이렇게 의지와 상관없이 생성된 화이트존은 상대방을 통제할 수도 없을뿐더러, 그 상대방에게 무작위의 장면을 보여 주며 정신에 악영향을 주었다.

세영은 하얀 공간에 홀로 서 있었다.

장면이 펼쳐졌다.

바수라가 겪어 온 삶을 지켜보던 세영의 눈에서 눈물이 주르륵 흘러내렸다.

◇ ◆ ◇

우우웅, 우웅, 우우우웅.

미치광이 마법사 라스넬의 모습을 마지막으로 화이트존이 사라졌다.

그때 세영은 눈앞에 서 있는 소년을 보았다.

총명해 보이는 소년이었지만 동시에 몹시 슬퍼 보였다.

"바수라?"

세영이 용기를 내어 바수라의 이름을 불렀다.

바수라가 고개를 끄덕였다.

세영이 바수라에게 한 발 다가섰지만, 바수라가 두 손을 들어 손바닥을 펼쳐 보였다.

"두 분이 행복하셨으면 좋겠어요."

"잠깐만!"

세영은 바수라가 사라질 것을 예감하고는 소리쳐 붙잡았다.

하지만 바수라가 고개를 저었다.

만나자마자, 작별을 고하는 것이었다.

바수라의 모습이 희미하게 변형되며 사라지는가 싶더니, 인수가 나타났다.

세영이 그 앞에서 털썩 주저앉았다.

"그 아이들…… 너무 불쌍해."

이제는 놀라움보다는 슬픔이 더 컸다.

마음이 아려 왔다.

멍하니 소파에 앉아 있는 세영은 혼자만의 시간이 필요했다.

인수는 기다려 주었다.

세영이 끊어졌었던 숨이 다시 돌아오기라도 한 것처럼

한숨을 내쉬자, 인수는 유리컵에 물을 떠왔다.

세영은 그 물을 받자마자 단숨에 마셨다.

"괜찮아?"

세영은 고개를 끄덕이는 것으로 대답을 대신했다.

그 뒤로 많은 이야기를 나누었다.

세영은 인수를 통해 위소의 삶까지도 알게 되었다.

지금 인수가 가진 능력의 원천이 어디에서 온 것인지도. 그들이 없었다면 지금의 인수는 없다는 사실도 받아들였다.

하지만 자신이 위소와 바수라를 위해 소현과 세르벳을 대신할 수는 없는 노릇이었다.

"그렇지만, 나 이제 정말 의미 있는 삶을 살 거야. 그들의 삶이 헛되지 않게."

인수가 세영을 꼭 안아 주었다.

더욱 깊게 키스를 해도 두 사람은 더 이상 나타나지 않았다.

그렇게 관계가 회복되며 만남은 계속되었고, 지금 이 순간 장인장모가 되실 분에게 인사를 하러 세영의 집을 찾아갈 시간이 찾아왔으니 기쁨을 감추지 못할 수밖에.

지프가 정문을 빠져나갈 때, 위병소의 위병이 예쁘장한 여자에게 한눈을 팔고 있다가 화들짝 놀라 인수를 향해 칼처럼 총을 내려 경례를 했다.

"대한! 근무 중 이상 무!"

인수는 가볍게 손을 올려 경례에 답했다.

그러자 뒤통수에서 또 다시 위병의 목소리가 들려왔다.

"대한! 계속 근무하겠습니다!"

한데 역시나 지프차가 정문을 빠져나가자마자 멈추어 섰다.

위병은 저 예쁘장하게 생긴 여자의 남자 친구는 도대체 누군지 몰라도 참 좋겠다, 라고 생각하고 있었는데 또 법무 장교가 차에서 내리더니 저 여자의 앞에 서는 것이 아닌가.

운전병도 재빨리 내려서 세영에게 경례를 했다.

"대한!"

세영은 수줍게 고개 숙여 인사하며 경례에 답했다.

군인들의 인사와 이들에게 매우 높아 보이는 인수를 보고 있는 것만도 다른 세계에 와 있는 것처럼 느껴졌다.

"내 운전병. 참 착해. 여기는 내 여친."

세영이 다시 운전병을 향해 인사를 하며 사람 좋은 미소를 지었다.

그때 운전병은 세영을 슬쩍 훔쳐보았다.

여자 친구라고 했기에, 보보를 떠올리지 않을 수가 없는 것이었다.

"예쁘십니다!"

진심이었다.

보보와는 또 다른 매력이 있는 여자임에 틀림없었다.

"군 생활 참 잘한단 말이야."

"진심입니다!"

세영이 맘 놓고 웃을 수도 없어서 어쩔 줄을 몰라 하는 그때 인수가 운전병에게 자신의 차 키를 건네주었다.

"가서 차나 가져와."

"네, 알겠습니다!"

운전병은 익숙한 듯 세영에게 다시 경례를 하고는 지프 차를 몰고는 부대 안으로 들어갔다.

"이제 내 차 가져올 거야."

"응? 뭐야…… 그러면 처음부터 차를 가져오지."

"아 이런 모습을 보여 주고 싶었거든."

"난 저 군대차로 서울 가는 줄 알았잖아."

"아, 그럴걸 그랬나?"

"아냐, 아냐."

세영이 손사래를 저으며 웃었다.

인수와 세영이 웃는 모습을 지켜보고 있는 위병은 배가 다 아파 왔다.

'저놈의 새끼는 뭐 저리 잘났단 말인가……'

잠시 후, 파랑색 람보르기니 한 대가 그림처럼 정문을 통과해 두 사람의 앞에 섰다.

'아…… 졸라 부럽다.'

양쪽 문이 거짓말처럼 위로 열렸다.

운전병이 잽싸게 내려 다시 인수를 향해 경례했다.

"대한! 즐거운 시간 되십시오!"

"그래. 수고해."

인수가 운전석에 올라타며 세영에게 타라고 눈짓했다.

그러자 세영이 어색한 표정으로 차를 살펴보다가 조수석에 올라탔다.

"차 또 바꾼 거야?"

"멋지지?"

"으응……."

그때 '10월의 마지막 밤' 음악이 흘러나왔다.

양쪽 문이 다시 거짓말처럼 내려와 닫혔다.

"10월의 마지막 밤…… 제대로 보내시겠네."

"그러게…… 나이도 졸라 어리신 게……."

"몇 살입니까? 중위님."

"스물셋……."

"네?"

"맞아…… 스물셋."

"그게 가능해요?"

"그런가 봐."

"헐, 대박."

그렇게 인수가 탄 차는 굉음과 함께 출발했다.

운전병과 위병의 부러움을 잔뜩 산 채로.

◇ ◆ ◇

세영의 집에 도착한 인수는 트렁크에서 선물상자들을 정리했다.

"이게 다 뭐야?"

트렁크가 앞에 있는 것도 신기한데, 작은 트렁크 안을 들여다본 세영의 두 눈이 휘둥그레졌다.

고급 군용 양주부터 시작해 파주 특산물들로 가득 차 있기 때문이었다.

"빈손으로 인사할 수가 있나. 선물 좀 준비했어. 이거 좀 들어 줘."

세영이 무슨 말을 하기도 전에, 두 팔에 선물상자를 안겨 주었다.

"잠깐만. 이거는 우리 집에 가져가야 되고."

인수는 선물상자를 다 내린 후 세영에게 안겨 준 상자를 보며 말했다.

"그건 네 거야."

"와. 내 선물도 있어?"

"응. 이따가 뜯어 봐."

"뭘까?"

세영은 몹시 궁금했다.

인수는 세영이 궁금해하는 표정만 보아도 행복했다.

뭐 별것 아니었다.

일본으로 해외연수를 갔을 때 한 사람만을 위해 만드는 장인들을 미리 섭외해 두었고 가방과 황동 컵을 비롯한 부채와 인형, 그리고 팔찌와 목걸이, 귀걸이까지 포함한 액세서리들이었다.

"들어가자."

인수가 탑처럼 차곡차곡 쌓아 둔 선물상자를 밑에서부터 번쩍 들어 올리며 말하자, 세영이 깜짝 놀랐다.

"괜찮겠어? 나누어 들자."

"아냐. 괜찮아. 엘리베이터 잡아 줘."

"어…… 알았어!"

세영이 엘리베이터버튼을 계속 누르며 뒤따라오는 인수를 보았다.

탑처럼 쌓인 상자들이 넘어질까 불안했다.

"괜찮아?"

"어. 괜찮아."

"불안해!"

"아냐. 끄떡없어."

인수가 비틀거리며 걷자 세영이 안절부절 옆으로 다시 다가왔다.

그러자 열렸던 엘리베이터 문이 다시 닫혔다.

"어, 닫힌다. 잡아."

세영이 다시 엘리베이터로 움직여 버튼을 눌러 문을 붙잡았다.

"됐어. 후!"

문이 닫혔다.

인수가 상자를 바닥에 내리며 한숨을 다 내쉬었다.

그러자 세영이 눈을 흘기며 입술을 내밀었다.

"왜? 표정이 왜 그래?"

"상의 좀 했으면 좋았을걸. 도대체 돈을 얼마나 쓴 거야?"

"첫 인사니까 이해해 주라. 월급 다 털었어."

"못 말려. 이러지 않아도 돼. 너 혹시 일부러……."

"일부러?"

"우리 엄마 아빠 부담 주려고."

세영이 웃으며 눈을 가늘게 하고는 인수를 보았다.

"어허! 대한민국 검사 될 사람이 사이즈가 있지. 이왕 과시를 하려 했으면 겨우 이 정도가 아니지."

"그건 아니다."

"하하. 농담이야. 그저 잘 보이고 싶은 마음만 받아 줘."

"큰일이네……."

"뭐가?"

"지금 아빠도 장난 아니셔⋯⋯ 나 몰라."

"응?"

"들어가 보면 알아. 울 아빠⋯⋯."

이날을 얼마나 학수고대하고 계셨는지⋯⋯.

네가 과연 검사가 될 사람이 아니어도, 저렇게 좋아하실까 라는 말은 차마 하지 못했다.

"응?"

"아냐."

인수는 자신을 바퀴벌레보다 못하게 취급했었던 장인어른을 떠올렸다.

땡.

엘리베이터가 열렸고, 인수가 다시 영차 하며 상자를 들어 올렸다.

"조심조심."

"괜찮아. 가."

세영이 안절부절 급히 달려가 현관문의 전자키를 누르며 소리쳤다.

"엄마! 아빠!"

전자키가 눌리는 소리와 함께 문밖에서 딸의 목소리가 들려오자, 거실에서 서성거리며 기다리고 있던 김영국이 휙 돌아섰다.

"왔어! 왔나 봐!"

거실에는 산해진미로 가득 찬 진수상찬이 펼쳐져 있었고, 세영의 엄마 최미연은 주방에서 정리를 하다가 재빨리 남편의 뒤에 섰다.

장차 대한민국 검사가 될 사람이 딸과 사귄다며 인사를 하러 왔으니, 어찌 기쁘지 않겠는가.

문이 열렸다.

"안녕하세요?"

인수가 선물상자를 잔뜩 들고는 들어오자 김영국은 첫 만남부터 완전 호감이었다.

"아니, 뭘 이렇게!"

"어머, 어머!"

김영국과 최미연이 재빨리 다가와 상자를 받아 주었다.

그때 김영국은 인수의 얼굴을 보았다.

'어디서 봤지?'

순간 김영국은 남정우 형사가 보여 주었던 CCTV 영상 속 남자의 얼굴을 떠올렸다.

하지만 그와 동시에 CCTV 영상 속 남자의 얼굴이 먹물처럼 번져 버리자 고개를 털었다.

인수가 눈치를 채고는 재빨리 인사했다.

"안녕하세요? 정식으로 인사드리겠습니다. 박인수라고 합니다."

김영국이 정신을 번쩍 차렸다.

"어! 그래! 어서 오게나!"

"앉으세요."

"네. 초대해 주셔서 감사합니다."

인수가 김영국이 앉기를 기다리자 최미연이 남편에게 눈치를 주었다.

"그래. 앉자고."

김영국이 자리에 앉자, 인수도 따라 앉으며 최미연에게 함께 앉기를 권유했다.

"어머님도 앉으세요."

최미연은 어머님이라는 소리가 듣기 좋아 표정을 감추지 못했다. 인수의 얼굴을 보니, 인물도 참 좋다.

키도 훤칠하고.

"아휴, 시장하죠? 어서 드세요."

"그래. 일단 먹으면서! 어? 우리 딸도 빨리 앉아?"

세영이 얌전히 인수의 옆에 앉았다.

김영국이 보기에 둘이 참 잘 어울려 보였다.

"술은 뭐가 좋을까? 말만 하게나. 소주부터 시작해 맥주도 있고 양주도 있고!"

"아빠……."

"응?"

세영은 아빠의 목소리가 무척이나 들떠 있다는 사실을 알려 주고 싶었다.

"아니요……."

"아! 내가 좀 목소리가 컸나? 하하하! 살다 보니 이런 날이 다 오네! 우리 딸이 이렇게 잘생긴 남자 친구를 데려와 이 아빠에게 소개를 다 시켜 주다니 말이야!"

"호호호!"

최미연도 기분이 얼마나 좋은지 웃음소리를 감추지 못했다.

인수도 활짝 웃었다.

하지만 어디서 거지같은 놈을 다 데려왔냐고 했던 당시를 떠올리고 보면 씁쓸했다.

"저는 소주가 좋습니다."

"아, 그래? 역시! 자, 한 잔 받게!"

"잠시만요, 아버님. 제가 준비해 온 황동 잔이 있습니다. 제가 먼저 따라 드리겠습니다."

"어디?"

"저기 있습니다."

인수가 선물박스 중에 포장을 뜯어 뚜껑을 열자 눈을 멀게 할 정도로 휘황찬란한 황동 잔이 네 개 등장했다.

김영국의 두 눈이 휘둥그레졌다.

딱 봐도 장인이 만들어 낸 잔이었다.

"이거 장난 아닌데?"

김영국은 황홀하다는 표정으로 황동 잔을 살펴보았다.

"제가 오늘을 위해 특별히 부탁해서 가져왔습니다. 받으십쇼."

"아냐! 손님 먼저 받아야지!"

"네, 아버님!"

인수가 무릎을 꿇었다.

김영국의 두 눈이 동그래졌다.

장차 검사가 될 사람이 자신의 앞에서 황동 잔을 들고는 아버님이라고 부르며 무릎을 꿇고 술을 받다니!

"편히 받게!"

"첫 잔은 이렇게 받겠습니다!"

"알았네!"

그렇게 인수가 두 손으로 공손히 잔을 받은 뒤, 소주병을 건네받아 김영국의 잔에 따랐다.

김영국은 맞절이라도 하듯이 자신도 무릎을 꿇어야 하나 어쩌나 당황스러워 재빨리 아내에게 시선을 돌렸다.

"여보, 자네도 한 잔 받아야지?"

"어머, 저도요?"

"아, 그럼! 오늘 좋은 날인데!"

김영국이 어서 받으라고 눈치를 주었다.

"어머님도 제 잔 받으세요!"

"네, 그럴게요!"

목소리가 다들 격양되었다.

트리니티 레볼루션
Trinity
Revolution 4

인수가 최미연에게도 무릎을 꿇고는 공손하게 술을 따르
자, 최미연은 어쩔 줄을 몰라 자기도 모르게 따라서 무릎을
꿇었다.

"이 사람은!"

"호호호! 나도 모르게 그만!"

"우리 딸은 아빠 잔 받아."

"네."

세영은 아빠가 따라주는 잔을 처음 받아 보았다.

인수를 이렇게 격하게 반겨 주시니 좋기는 하지만, 한편
으로는 그만큼 불편하기도 했다.

"자, 건배! 두 사람의 만남을 위하여!"

"건배!"

서로의 잔이 부딪쳤다.

"그런데 말이야. 자네 나이가……."

김영국이 잔을 비우고는 고개를 갸우뚱거리더니 말했다.

"저 이제 스물셋입니다."

"서른셋이 아니고?"

인수가 웃었다.

"네. 스물셋입니다."

"근데 왜 나는 자네를 보면 삼십대처럼 느껴질까?"

"이이는……."

최미연이 눈치를 주었다.

"아, 그런 말을 자주 듣습니다. 심지어 부모님도 자주 헷갈려 하십니다."

"그럴 만도 하겠어요. 아이고……."

최미연이 자기도 모르게 말하고는 실수했다고 생각했다.

"엄마……."

이번에는 세영이 엄마에게 눈치를 주었다.

"미안."

"괜찮습니다. 전 솔직히 지금 스물셋보다 서른셋이고 싶습니다."

"왜?"

김영국이 인수의 잔에 술을 채워주며 물었다.

그러자 인수가 세영을 보며 대답했다.

"저 이 사람과 빨리 결혼하고 싶거든요. 빨리 결혼해서 빨리 이 사람 쏙 빼닮은 예쁜 딸을 낳고 싶습니다. 이름은 민아입니다. 박민아. 제가 이름도 다 지어 놓았습니다. 그 다음에는 아들 또 그 다음에는 뭐…… 아들이든 딸이든 상관없고요. 전 이 사람만 허락하면 아이를 계속 낳고 싶습니다."

인수의 말에 깜짝 놀란 세영의 얼굴이 난감함으로 인해 발개지다 못해 아주 화끈거렸다.

인수의 입을 막아 버리고 싶을 정도였다.

둘이 있을 때는 이런 말을 전혀 안 하더니, 부모님 앞에서 당당하게 말하는 인수로 인해 정신이 다 혼미했다.

하루라도 빨리 세영과 다시 가정을 꾸리고자 하는 인수의 마음을 세영은 따라가지 못하는 것이었다.

더군다나 지금 인수를 욕심내고 있는 부모님이 깜짝 놀랄 정도로 인수가 더 앞서가고 있기에 당황스러웠다.

"어어……."

세영의 말문도 탁 막혔고 김영국과 최미연도 할 말을 잃은 그때, 인수의 잔이 철철 흘러넘쳤다.

김영국이 멍한 표정으로 소주를 계속 따르고 있었던 것이다.

트리니티 레볼루션
Trinity
Revolution

제32장. 우리 사위

"이런, 정이 넘치네."

정신을 차린 김영국이 소주를 거두며 말했다.

"네, 정이 넘치십니다. 감사합니다."

최미연도 정신을 차리고는 행주를 가져와 흘린 술을 닦았다. 그러다 갑자기 물었다.

"그러면 결혼을 언제 하겠다는……."

김영국이 결혼에 대해 묻는 아내의 얼굴을 빤히 들여다보았다.

세영도 놀라서 엄마의 얼굴을 보았다.

"맞지? 아직 그건 아니지? 내가 지금 무슨 소리하는 거야."

대학교 졸업도 안 한 딸을 데리고 가서 힘닿는 데까지 애를 낳겠다고 말하는 예비 사위가 아무리 뛰어난 인물에 미래가 보장되어 있다고 해도 이건 아닌 것이었다.

직장 생활도 해 보고, 사회 경험도 해 보고 그래야 하는 것이지 이제 겨우 스물셋인데 결혼이라니.

요즘 애들은 또 이런가?

"아니…… 왜 그렇게 급해요?"

"어머니, 제가 그만큼 이 사람을 좋아합니다. 전 진심이고 결혼은 허락해 주실 때까지 기다리겠습니다. 천 년이고 만 년이고요."

세영을 비롯한 가족 모두 다 멍해졌다.

"뭘 걱정하시는지 압니다. 서로 내조해야죠. 이 사람이 결혼을 해서도 공부와 사회생활을 계속하기를 원한다면 당연히 도와야죠. 저 역시 앞으로 박사과정은 예일대 로스쿨을 생각하고 있어서 미국에서 자녀들과 함께하게 될 결혼 생활도 계획 중입니다. 동반 비자든 학생 비자든 뭐 어렵진 않을 겁니다만 떨어져 살게 되면 아무래도 걱정되시겠죠."

세 사람은 인수를 외계인 보듯 보는 중이다.

김영국은 정신을 차릴 수가 없었다.

결혼? 박사과정? 예일대? 미국? 자녀? 동반 비자?

"음……."

김영국이 잔을 들어 올리자, 인수도 잔을 들어 올렸다.

"미국은 언제 간다는 건가?"

"여보……."

"아빠……."

"대한민국 검사가 되면 해야 할 일이 좀 있습니다. 제가 부정부패를 비롯한 범죄를 뿌리 뽑을 수는 없겠지만 더 나은 나라의 미래를 위해 어느 정도 가지치기는 할 계획입니다."

김영국은 잔을 든 채로 두 눈만 깜박거렸다.

그러다가 퍼뜩 정신을 차렸다.

기죽지 말자. 내 딸을 미치도록 좋아한다고 하지 않는가.

"건배. 자네 맘에 들었어. 한번 오늘 코가 삐뚤어지게 마셔 보자고!"

"아버님, 감사합니다!"

"자, 마셔!"

그날 두 사람은 코가 삐뚤어지게 마셨다.

술에 취한 김영국의 입에서 드디어 '우리 사위!' 소리가 나왔다.

그것도 모자라 늦었는데 내 집이라 생각하고 자고 가라고 성화를 부리더니 그대로 소파에 드러누워 코를 드르렁 골며 잠들었다.

최미연은 정리를 시작했고, 세영이 옆에서 도우려고 하자 그냥 인수랑 같이 있으라며 등을 떠밀어 돌려보냈다.

인수는 세영과 함께 세영의 방 구경을 한답시고 들어갔는데, 기분이 어찌나 좋은지 계속 싱글벙글 웃었다.

오래된 앨범을 펼치고는 서로 머리를 맞대고 보았다.

"와 못생겼다. 이거 누런 거 코야?"

"와 창피해! 보여 주는 게 아니었어. 보지 마!"

세영이 온몸으로 앨범을 덮었고, 인수가 세영의 몸을 떼어내 강제로 앨범을 빼앗는 과정에서 스킨십이 이루어졌다.

인수는 너무 행복했다. 얼굴에 웃음꽃이 활짝 폈다.

"꼭 봐야겠어."

"……안 돼. 제발…….."

"그 코 내가 닦아 주려는 거야."

"어우 야아!"

"어어, 앨범 찢어져."

"아, 난 몰라."

까르르르. 세영은 옆구리로 파고든 인수의 손에 간지럼을 타고는 숨이 넘어갈 듯 웃었다.

인수는 신이 났다. 세영은 인수가 그저 술에 취해 기분이 좋은 줄로만 알았다.

그렇게 앨범 쟁탈전이 벌어진 뒤 인수가 침대에 올랐다.

"여자 침대는 내 동생 말고는 첨인데. 어, 쿠션 좋아."

인수가 침대에 걸터앉으며 말했다.

세영은 일부러 책상의자에 앉아 인수와 마주 보았다.

"나 기분이 엄청 좋아."

"그래 보여."

"좋아. 너무 좋아. 근데 피곤하다."

인수가 피곤을 호소하더니 에라 모르겠다, 그냥 옆으로 자빠져 버렸다.

세영이 그런 인수를 물끄러미 지켜보다가 조심히 다가와 이불을 가슴까지 덮어 주었다.

혹시나 위소가 튀어나올까 봐 가슴이 조마조마하면서도 은근히 설레기도 했다.

그때 인수가 세영의 손을 붙잡았다.

"……!"

"사랑해, 세영아…… 사랑해."

인수의 한쪽 눈가에서 눈물이 흘러내렸다.

"미안해…… 정말 미안해."

세영은 인수가 지금 자신에게 고백하는 것이 아니라 다른 세계의 또 다른 세영에게 말하고 있다는 느낌을 지울 수가 없었다.

'이 남자 뭔가 또 숨기는 게 있어.'

세영은 인수를 내려다보며 생각했다.

그렇게 인수가 잠이 들자 세영은 밖으로 나왔다.

소파에서 잠든 아빠의 가슴에도 이불을 덮어 준 뒤 엄마와 함께 주방을 정리했다.

"사람이 저렇게 술에 취하면 본성이 나오는데."

"그래?"

"애가 착하네."

세영은 엄마의 말이 듣기 좋았다.

거실의 빈 그릇을 정리하는 그때 인수의 휴대폰이 울리다가 멈추었다.

세영은 깜짝 놀랐다.

"어머, 어떡해."

"왜?"

이미 김선숙으로부터 24통의 부재중 전화가 찍혀 있는 상태였다.

"걱정하시니까 알려 드려야겠지?"

"그래라. 걱정하시겠다."

최미연은 이때까지만 해도 사달이 일어날 것이라고는 상상도 못 했다.

그저 인수의 부모님이 걱정하실까 봐 세영이 전화를 드리는 게 옳다고 생각했을 뿐이었다.

여자 친구니까. 집에 인사도 온 사이니까.

하지만 세영은 왠지 느낌이 좋지 않았다.

자신은 인사를 드리지도 못한 상태이기에 인수를 깨워야

한다고 생각했다.

그때 전화기가 또 울렸다.

"받아. 잘 말씀드려."

최미연이 무심코 말했다.

세영은 망설이던 끝에 전화를 받고 말았다.

"안녕하세요…… 저기……."

[…….]

처음에는 말이 없었다.

그러다가 갑자기 수화기 저편에서부터 독기가 가득 찬 목소리가 들려오기 시작했는데, 과연 이 사람이 인수의 엄마가 맞는지 의심스러울 정도였다.

[뭐죠? 아가씨 누군데 지금 이 시간에 내 아들 전화를 받고 있는 거죠?]

"아…… 저기……."

[여보세요? 지금 내 아들 옆에 있어요?]

"안녕하세요? 네, 네! 지금 인수가 잠이 들어서요."

[뭐……?]

"아니 그러니까요, 그게요!"

[여보세욧!]

세영의 두 눈이 동그래졌다.

[누구세요? 네? 누군데 내 아들이 니 옆에서 자고 있어요? 내 아들 빨리 바꿔요!]

"아니요, 어머님! 그게 아니고요!"

[어머님? 지금 누가 어머님이라는 거죠?]

"죄송합니다!"

[그만 죄송하고, 내 아들 바꾸라니까!]

세영은 화들짝 놀라 방문을 열고 들어갔다.

"인수야! 전화 좀 받아 봐!"

하지만 인수는 깨어날 생각을 하지 않았다.

오히려 잠꼬대를 하며 세영의 목을 꽉 껴안아 옆에 눕혔다.

"마마…… 제가 속이 좀 상해서 술을 좀 마셨습니다."

지금 세영을 귀환하기 전의 아내로 착각하고 있는 것이었다.

"어이구, 우리 여보. 나 만나서 고생만……."

"아니, 인수야! 잠깐 이거 좀 놔 봐! 아, 숨 막혀!"

두 사람의 대화가 김선숙의 귀에 다 들렸다.

그림이 그려졌다. 침대 위에서 뒹굴고 있는 것이다.

그러니 수화기에서는 이제 반말이 막 들려오기 시작했다.

[야! 너 지금 뭐 하자는 거야?]

"아니요, 어머님! 그게!"

[어머님? 야 이년아! 너 지금 누구한테 자꾸 어머니래? 너 누구야? 거기 어디야?]

결국 이년이 나오고 말았다.

그 목소리가 스피커폰도 아니건만 얼마나 앙칼졌는지, 옆에 있는 최미연은 그 목소리에 기겁을 할 정도였다.

세영도 슬그머니 전화기를 인수의 귀에 내려 둘 수밖에 없었다.

◇　◆　◇

아침, 인수의 집.

"아 므단디 자꾸 알라 그래? 꿀이나 더 타요."

꿀물을 마시던 인수가 엄마를 향해 날카롭게 쏘아붙였다.

자꾸 옆에서 캐묻고 있기 때문이었다.

"아니 그래도…… 아들이 외박을 했는데 엄마가 당연히 궁금하지 않겠어?"

"내가 애요? 중요한 사람이랑 술 한잔하고 그러다 보면 전화를 안 받을 수도 있고 그런 거지. 그런다고 전화 받는 사람 놀라게 이년 저년이 뭐요? 하여튼 엄마는……."

인수는 세영의 집에서 인사를 하고 나올 때, 두 분의 그 싸늘하고 걱정이 가득한 표정이 왜 그러는지 알게 되었다.

세영에게 내가 뭐 실수했냐고 묻자, 말을 아끼던 세영이 조심스럽게 말을 해 준 것이었다.

세영도 욕을 들은 부분에 대해서는 상처를 받은 상태였다.

그 말을 듣고 인수는 뒷목이 당겨 하마터면 쓰러져 버릴 뻔했다.

"엄마가 욕한 건 미안해…… 그니까 누구냐고?"

"아 므단디 씨잘떼기 없이 자꾸 알라 그라냐고! 아, 됐어! 엄마한테는 말 안 해."

"워메…… 참말로…… 깝깝해 죽겠네잉. 내가 죽어 부러야 쓰겄네. 내가 그냥 확 장수 가서 농약 먹고 뒤져부러야 쓰겄어."

"나도 지금 죽고 싶으요."

인수는 눈 하나 깜짝하지 않았다.

방으로 들어가자, 김선숙이 또 쫄래쫄래 따라 들어왔다.

"울 아들 이상한 애 만나고 그런 건 아니지? 술 마시고 실수하고 그러면 안 돼? 알았지, 울 아들? 엄마가 지금…… 문화부 장관 딸이랑 청와대 비서관 딸이랑 삼송가문 딸이랑……."

"아따 참말로! 울 엄마 진짜 사람 성가시게 하는데 뭐 있네잉. 그라고 내 나이가 인자 스물셋밖에 안 묵었는데, 가그들이 미쳤다고 학교도 졸업 안 하고 선을 본다요?"

"니가 인자 스물셋이라고야?"

"그라믄! 그라믄 내가 스물셋이지 서른셋이요?"

"너 서른셋 아니었냐?"

"오메, 엄마는 아들 나이도 모르요?"

"아따 널 보믄 절대로 스물셋처럼 안 보여야. 혼기가 꽉 찬 애로 보이지. 넌 서른셋 해도 돼."

"아 몰라요."

"꼭 선이 아니믄 소개팅…… 대학생들 소개팅 많이 하고 그러잖아?"

"아 싫어! 싫다고! 나가 그라고 싫다고 그라믄 하덜 말아야제 므단다고 그란 것을 자꾸 알아보고 다님서 사람을 요라고 성가시게 할까? 그라고, 뭐 어제 전화 통화했응게 알 겄지만, 나는 인자 시방 임자가 있는 몸이여."

"임자? 가가 가여?"

"그래, 내 월급 통장도 다 맡겼어."

"뭐, 뭐? 결혼도 안 했는데 통장을 맡겨? 이 미친놈! 염병할 놈! 총찬한 놈! 연덕빠진 놈! 너 미쳤냐? 니 말대로 인자 스물셋 먹은 놈이 통장을 맡겨?"

김선숙이 폭발하고 말았다.

아들에게는 욕을 안 했던 김선숙이었건만 이제는 인수의 어깨를 손바닥으로 막 때리기 시작했다.

"아따 아퍼요! 언제는 서른셋이라메? 아 진짜 집에 들어오기 싫다. 아 진짜."

"그래서 누구야? 그년이 누구냐고!"

"아따 어제 통화 안 했소. 그리고 자꾸 년년 하지 마요."

김선숙은 할 말을 잃었다는 표정으로 인수를 바라보았
다.

속으로 참을 인 자를 새기고 또 새겼다.

"알았어. 일단 보자. 엄마가 한번 보자!"

"아직은 안 돼."

"왜 안 돼? 집에 데려오라니까?"

"엄마 목소리부터 좀 낮춰 봐요."

"너 같음 지금 엄마 목소리가 낮아지겠냐?"

"이것 봐. 엄마는 아직 준비가 안 돼서 안 돼."

"뭔 준비!"

"마음의 준비. 그 허영과 허세가 엄마 마음에서 사라지면
내가 다 알아서 소개시켜 줄 테니까 그리 아쇼."

"엄마가 뭐슬 으쨌다고!"

"아 그랑께 므단다고 씨알데기 없는 짓을 하고 다니냐
고."

"너를 위해서 그러는 거지!"

"엄마 좋으라고 그러는 거지."

"내가야? 내가 나 좋으라고 시방 이런다고야?"

"그래요. 말해 봅시다. 아니 아들이 청와대 비서관 딸이고,

장관 딸이고 재벌 딸이고 관심 없다는데 왜 자꾸 들쑤시고 다니냐고."

"일단 만나나 보고 그런 말을 해!"

"임자가 있는데 왜 만나?"

"오메……. 미치고 환장하겠네."

김선숙은 손바닥으로 자신의 가슴을 팍팍 쳤다.

"알았어. 사진 있지? 봐봐."

"싫어."

"아 얼굴이라도 좀 보자고!"

"얼굴만?"

"응. 얼굴만."

"겁나 이뻐."

"……알았어야. 겁나 이쁜 거 알겄응게 봐봐야."

인수가 호주머니에서 전화기를 꺼내어 엄마에게 사진을 보여 주려는 그때였다.

전화기가 울렸다.

전화를 받는 인수의 표정이 심각해졌다.

"알겠습니다. 곧바로 들어가겠습니다."

"왜 그래?"

"철책 선에서 어제 새벽 근무 중에 사고가 있었다네…… 들어가 봐야겠어요."

"워메, 참말로 또 뭔 일이라냐. 밥 한 술 뜨고 가."

"생각 없어요."

인수는 부리나케 복장을 챙겨 입고는 밖으로 나갔다.

김선숙이 못마땅한 표정으로 입술을 삐죽거렸다.

◇ ◆ ◇

청담동 커피전문점.

김선숙이 한 여대생과 대화를 나누는 중이다.

이제 막 소녀의 티를 벗고 풋풋하고 건강한 아름다움을
발산하는 매력적인 아가씨였다.

"자꾸 번번이…… 미안해서 어떡하죠? 제가 면목이 없네
요."

"괜찮아요. 절 세 번이나 퇴짜 놓은 걸 보면 인연이 아닌
가 보죠."

"아휴, 그런 게 아니고…… 사진 보고는 너무 예쁘다고
그랬는데…… 정말 미안해요."

"괘념치 마세요. 그리고 이제 말 편히 놓으세요. 저도 아
주머니보다는 어머님이라 부를게요. 괜찮으시죠?"

"괜찮죠!"

"어머니 또."

"호호호! 그래, 나도 모르게."

"어머니. 이왕 이렇게 된 거 우리 둘이 맛있는 거 먹으러

가요. 대신 어머니가 쏘세요. 약속 안 지키는 오빠 때문에 어쩔 수가 없어요."

"그래. 피해 갈 수가 없네. 일어나. 내가 오늘 아주 제대로 쏠게."

활짝 웃는 여대생은 꾸밈없는 순수한 얼굴에 교양과 기품까지도 넘쳐났다.

또 사람의 마음을 편하게 만들어 주는 재주가 있었다.

여대생은 일어서서 딸처럼 김선숙에게 팔짱을 끼었다.

김선숙이 삼송가문과 문화부 장관의 여식을 뒤로한 채, 가장 욕심내고 있는 며느리 후보 0순위였다.

하지만 나이가 어렸다.

마담뚜도 자신의 회원이 아닌데 교회에서 알게 된 학생으로 너무 욕심이 나서 무리했다고 했다.

그래도 이왕 이렇게 된 거, 서로 만나 좋은 만남을 유지하기를 바랐다.

여자의 이름은 변가영.

교회에서 마담뚜가 접근해 왔을 때 손사래를 치며 도망쳤다가 사진 속의 남자가 인수라는 것을 확인하고는 김선숙 여사를 만난 것이다.

가영은 오늘 김선숙 여사에게 할 말이 있었다.

사실 어머니를 먼저 알기 전에, 인수 오빠를 알고 있었다고.

"어머니. 드릴 말씀이 있어요."

"응?"

"저 사실 인수 오빠랑 아는 사이에요."

"어머!"

"죄송해요. 오늘은 오빠랑 만나서 이 말씀을 드릴 수 있게 될 거라 생각했어요. 하지만……."

가영은 자신의 마음을 조심스럽게 전했다.

아빠를 통해 인수를 알게 되었고, 마음속으로 흠모하고 있었던 부분과 이제는 포기해야 한다는 사실까지도.

인수 오빠가 자신에게 조금이라도 마음이 있었다면, 세 번씩이나 퇴짜를 놓지는 않았을 테니까.

김선숙과 헤어진 가영은 이걸로 인수 오빠와는 끝이라고 생각했다.

그리고 집으로 돌아오는 길에 김선숙은 오늘 잘난 아들 한 번 잡는 날이라고 다짐했다.

◇ ◆ ◇

제16보병사단 사령부 감찰부.

인수는 자리에 앉아 파일을 확인했다.

준비된 파일에는 이등병의 증명사진과 신상기록, 그리고 이 이등병이 소속된 제15연대 2중대 1소대가 지키는 철책

대기 초소에서 발생한 사건이 기록되어 있었다.

인수는 신상기록에서 아버지의 이름을 확인했다.

"김철곤⋯⋯."

인수는 두 눈을 감았다.

앞으로 좀 만져 주어야 할 인간들을 상대로 작성해 둔 블랙리스트가 머릿속에서 쫙 펼쳐지며, 32번째에서 그 이름이 반짝 빛났다.

삼건건설 사장.

핵심 간부들이 이미 반실성했고, 정치권에서도 권력의 이동과 변화가 생기면서 이미 제3세대파는 조직이 와해되어 가고 있는 과정이라고 해도 과언이 아니었다.

김철곤은 그 핵심 간부에서도 한참 밀려 있는 인물이지만 워낙에 발이 넓어 아직은 영향력을 발휘하는 인물이었다.

이제 인수는 기록된 사건 내용을 토대로 야간철책근무 중에 발생한 사건을 재구성해 보았다.

108초소.

칠흑 같은 어둠 속.

사수는 안에서 전방을 주시하고 있고, 부사수이자 이 사건의 핵심 인물인 이등병 김형태는 후방을 감시하고 있다.

한데 사수가 주시하고 있는 전방 5미터 앞, 사부작거리는 소리에 놀란 이등병 김형태가 움직이는 물체를 적으로 오인하고는 선조치를 취했다.

수류탄을 던져서 터트렸고, 그곳에 실탄 75발을 아낌없이 다 집중 사격한 것이다.

움직였던 물체는 적이 아닌 고라니였다.

인수는 두 눈을 떴다.

사단에서는 이 병사에게 포상휴가를 계획 중이었다.

무슨 내막이 있는지 모르겠지만, 투철한 군인정신으로 위장하고 포장하는 것이었다.

인수는 그냥 두고 볼 수가 없는 문제라고 확신했다.

"포상휴가는 무슨. 이거 그냥 뒀다간 언제고 대형사고 터질 거 같은데."

인수는 운전병을 불러 2중대 본부로 향했다.

먼저 함께 근무했던 사수를 만나 보면 답이 나올 사건이었다.

하지만 혹시나 어설픈 복수극이 벌어질 수도 있으니 조심할 부분은 있었다.

운전병과 함께 전진교를 건너던 인수는 회상에 잠겼다.

귀환하기 전, 보병으로 군 생활을 할 때 지금 이 다리를 행군하며 보았던 당시의 달빛이 떠올랐다.

발맞추고 군가를 부르며 후방으로 철수했던 기억.

그냥 이대로 말뚝을 박아 버릴까 고민도 했었다.

사회에 나가는 것이 두려웠었다.

인수는 당시 자대 배치를 받아 GOP 철책 근무를 하다가, 연대 교대 시기가 찾아와 후방으로 철수해 밀린 훈련이란 훈련은 다 뛰어야만 했다.

유격부터 시작해 공지 훈련에 혹한기 훈련까지.

그래도 전방에서 적막한 GOP 근무를 하며 괴로운 생각에 잠기는 것보다는 후방에서 정신없이 훈련을 뛰는 것이 좋았다.

GOP 철책선은 그렇게 적막한 곳이라는 것을 인수는 잘 알고 있는 것이다.

비포장도로를 달려 도착한 2중대 본부.

법무관이 직접 찾아온다는 연락을 받은 중대장이 본부 막사 앞에서 기다리고 있었다.

계급은 아래여도 분명 예우가 필요했다.

"대한."

인수가 먼저 중대장을 발견하고는 경례했다.

"대한. 어서 와. 먼 길 오느라 수고했네. 들어가자고."

"네."

인수가 실내로 들어와 행정병들의 눈치를 보아하니, 힐끗

거리는 것이 뭔가 할 말이 있어 보였다.

"커피?"

"네, 좋습니다. 한 잔 주십쇼."

행정병이 커피를 타 왔다.

"여기서 1소대까지는 차로 10분 걸립니까?"

"그렇지? 근데 왜?"

중대장은 법무관이 직접 찾아올 사건이 아닌지라, 뭔가 미심쩍어 물었다.

"김형태 이병을 직접 만나 보고 싶습니다."

"포상휴가 말고 뭐가 또 있나?"

"포상이 아니라 징계 절차를 밟아야 할 거 같습니다."

"징계? 왜?"

대화를 엿듣고 있던 행정병들의 두 눈이 번쩍거렸다.

"고라니를 상대로 수류탄을 투척하고 실탄을 모조리 사격했으니 징계를 받아 마땅합니다."

"아니야. 그럼 안 되지. 김 이병은 철책 앞에서 움직이는 물체를 식별하고 대응절차에 따른 것뿐인데 무슨 징계야? 투철한 군인정신에 의해 대응했으니, 잘했다고 포상을 해도 모자랄 판에."

"중대장님, 이등병입니다."

"이등병이 왜? 이등병은 뭐 군인 아니야? 이등병은 대응 사격을 하면 안 된다는 군법이라도 있어?"

"김 이병 아버지 김철곤이 누군지 아십니까?"

중대장이 잠시 말문이 막힌 표정을 지었다.

"깡패입니다."

"아냐. 삼건건설 사장이라고 되어 있잖아?"

"삼건건설 사장이고 깡패입니다. 제3세대파라고 뭐 예전에는 기업형 건달이랍시고 잘나갔는지 어쩐지 모르겠습니다만, 뭐 어쨌든 저는 김 이병과 소대원을 좀 만나 보고 오겠습니다. 미리 제가 간다고 연락 좀 주십시오."

인수는 더 이상 말하지 않고 자리를 털고 일어났다.

밖으로 나오니 인사계 요원이 키우는 개에게 사료를 털어 주다가 인수를 발견하고는 일어서서 칼같이 경례했다.

인수도 경례한 뒤, 차에 올라탔다.

"출발해."

"네!"

인수는 사이드미러를 통해 개밥을 주고 있는 인사계를 보며 혼자 중얼거렸다.

"제일 무서운 게 인사계였는데."

◇　◆　◇

1소대 막사.

비번인 병사들은 작은 연병장에 모여 족구를 하는 중이었다.

지프가 도착하자, 병사들이 일제히 거수경례를 했다.

인수가 경례를 받아 주자, 잠시 힐끔거리더니 다시 족구를 시작했다.

1소대장인 선임하사가 기다렸다는 듯 인수를 발견하고는 달려와 경례를 했다.

"들어가시죠. 김 이병 근무 교대시켰습니다. 금방 올 겁니다."

"아닙니다. 소대원들을 상대로 한 명씩 개별 면담할 겁니다. 당연히 비밀은 보장될 겁니다. 병장부터 밑으로 차례대로 들여보내 주십시오."

인수가 말하고는 막사 안으로 들어갔다.

소대장실로 들어간 인수는 모자부터 벗고는 소대장의 침대에 엉덩이를 걸쳤다.

첫 번째로 말년병장이 들어왔다.

"경례는 됐고. 여기 옆에 앉아."

"네, 알겠습니다."

그렇게 인수는 거리감을 좁히기 위해 걸터앉은 침대에 병사를 나란히 앉히고는 단도직입적인 질문을 시작했다.

"김 이병 어때?"

병장은 대답하지 못했다.

"어차피 다 5분에 걸쳐 개별 면담할 거니까, 누가 무슨 소리를 했는지 몰라. 걱정 마."

인수의 말에 병장이 입을 열었다.

"또라이입니다."

트리니티 레볼루션
Trinity
Revolution

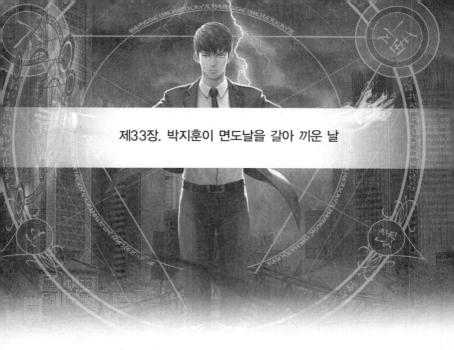

제33장. 박지훈이 면도날을 갈아 끼운 날

인수는 고개를 끄덕였다.

"그래, 알았어. 뭐 더 할 말 있나?"

"김 이병 전출 보내 주십쇼. 무서워서 같이 생활 못 하겠습니다."

"뭐가 무서운데?"

"여기는 실탄과 수류탄이 지급되지 않습니까?"

"그렇지."

"제대하기 전에 김 이병 그 개또라이한테 총 맞아 죽을 거 같습니다."

"흠. 평소에 직접적이고 지속적인 협박이 있었나?"

"그게 참 애매합니다. 녀석도 그러면 자신이 고문관으로 찍힌다는 사실을 잘 알고 있습니다."

"영악한 놈이네?"

"맞습니다."

인수는 시계를 보았다.

"알았어. 다음 들어오라고 해. 나가면 내가 김 이병에 관련된 말은 하나도 묻지 않았다고 전하고. 무슨 말인지 알지?"

"네, 알겠습니다. 대한!"

"그래, 대한."

다음 차례로 또 병장이 들어왔다.

역시나 같은 말이었다.

"자기는 백날 아닌 척해도 고문관은 딱 보면 티가 나지 않습니까? 그 또라이, 이번에 고라니한테 갈긴 것처럼 너희들도 이렇게 갈길 수 있다고 협박한 겁니다."

"그래, 알았어. 다음 들어오라 그래."

다음으로는 당시 함께 근무했던 사수가 들어왔다.

"저에게 보고조차 하지 않았습니다. 수화 불응 시 발포? 이게 아닙니다. 이미 고글을 쓰고 있었습니다. 철책 앞에서 사부작거리는 소리가 들리자마자 이날을 기다렸다는 듯이 수류탄을 들고는 안전핀을 제거할 때 전 진짜 깜짝 놀랐습니다."

"사수에게 보고조차 없었다?"

"네, 그렇습니다."

그렇게 실탄 75발을 반자동으로 놓고는 드르륵 드르륵 그곳에 모조리 갈겼단다.

"그때 그 고글 아래로 입술표정이 아주…… 완전 미친 개또라이입니다."

쾅! 하는 소리에 각 초소마다 소대 본부로 무전이 터졌다.

근무 교대를 위해 취침 중이던 병사들도 모두 깜짝 놀라 잠에서 깨어 벌떡 일어났다.

'109초소에서 전방 300미터 지점에서 지뢰가 터진 것 같습니다.' 로 시작해 '크레모아가 터졌다.', '아니다. 수류탄 폭발 소리다.' 라며 무전이 타전되었다.

소대장도 당황해서 소리쳤다.

"지뢰야 뭐야?"

[200초소 상병 김윤택! 전방 500미터 지점에서 크레모아가 터진 것 같습니다.]

"아 씨발! 크레모아 같은 거야, 크레모아야? 똑바로 말 안 해!"

어둠 속에서 쾅! 하고 무엇인가가 요란한 폭발음을 내며 터졌는데 그것이 크레모아인지 지뢴지 수류탄인지 소리만 듣고 어떻게 안단 말인가.

[어…… 크레모아…… 같습니다.]

"보고 똑바로 안 해? 크레모아 같아? 크레모아야?"

[그게…….]

그렇게 당황하고 있을 때, 108초소의 무전이 타전되었다.

[108초소 상병 최재훈! 부사수 김형태 이병이 방금 철책을 향해 수류탄을 투척했고 실탄을 발사했습니다.]

"뭐야? 왜?"

[움직이는 물체를 식별하고 대응했다고 합니다.]

흔한 일이었다.

수화 불응 시에 발포.

전방 GOP 근무자들은 이성보다는 몸이 먼저 반응하기에 자주 있는 일이었다.

적막하고 고요한 철책선은 사람을 늪으로 빠져들게 만들고, 철책선에서 일반적인 접근의 형태에서 벗어나 사부작거리며 다가오기 시작하면 당황할 수밖에 없는 것이다.

이쯤 되면 군대의 정신교육은 무서운 효과를 발휘한다.

그 식별 불가능의 물체는 불응으로 다가오는 무언가로밖에 인식되지 않는다.

뜻밖의 존재로 인한 당황과 공포는 불응 시에 발포라는 것으로 연결될 것이고 말이다.

그렇게 대응절차를 본능적으로 밟게 되는 것이다.

그리고 대부분이 식별이 불가능했던 물체가 무엇이든지 포상휴가를 갔다.

"에이, 씨발! 알았어. 각 초소 잘 들어라. 모두 자리 지킨다."

통제실에서 각 초소로 연락을 취한 소대장은 즉시 무전기를 들어 대기 초소의 대기 병사에게 연락했다.

이제 그것이 무엇인지 직접 확인해야 했다.

"대기병들! 당장 108초소로 이동한다. 실시! 그리고 지금 즉시 수색대 편성한다. 전령이랑 김 병장 그리고 말년! 나 따라와!"

"저 말입니까?"

말년이 억울한 표정으로 물었다.

제대를 앞두고 떨어지는 낙엽도 조심해야 하는데.

"그래! 따라오라면 따라와!"

소대장도 혼란스러웠기에, 철책 근무 경험이 많은 말년이 필요한 것이었다.

소대장은 랜턴을 들고, 투덜거리는 말년과 함께 108초소로 이동했다.

하지만 가서 수색을 실시해 보니 고라니였다.

인수가 개별 면담을 통해 파악한 당시의 상황이었다.

거기에 모 일병이 중요한 건수 하나를 슬쩍 찔러주었다.

모 일병은 사격이 끝나고 탄피 한 개가 회수되지 않았는데, 아무래도 김 이병이 실탄을 하나 빼돌린 것 같다는 것이었다.

그렇게 인수가 연병장에서 족구를 하던 병사들을 상대로 이등병까지 면담했을 때, 김 이병이 도착했다.

소대장이 노크를 했다.

"김 이병 도착했습니다. 들여보낼까요?"

"네, 들여보내세요."

잠시 후, 김 이병이 들어왔다.

이등병답게 군기가 딱 잡힌 절도 있는 모습이었지만, 어딘지 모르게 부자연스러웠다.

그리고 청산유수였다.

'식별이 불가능한 물체 앞에서 사수가 겁에 질려 대응하지 못했다. 일촉즉발의 상황이었다. 투철한 군인정신에 입각해 대응절차에 따라 대응할 수밖에 없었다.' 라고 주장했다.

그래서 인수는 서클을 회전시켜 화이트존을 생성시켰다.

놈의 감정을 읽은 뒤, 그대로 수면 위로 끄집어 올렸다.

"저는 투철한 군인정신에 입각해…… 제가 그 순간을 얼마나 기다렸는지 아십니까? 고글을 쓰고 딱 봤더니 고라니더라고요. 그토록 기다렸던 순간이 딱 찾아온 겁니다! 아주 신이 났습니다. 빠바바방! 킥킥. 진짜 기회만 되면 저 새끼들도 다 똑같이 쏴 죽여 버리고 싶습니다. 근데 그럴 수가 있나. 또 모르죠. 빡 돌면. 와, 그때 생각만 하면…… 그 쾌감 진짜 엄청나더라고요."

"그랬구나. 또 하고 싶은 말 없어?"

"많죠. 실탄도 하나 꼬불쳤거든요."

김 이병은 이제 군대 말투도 사용하지 않았다.

"그걸로 뭐 하게?"

"아. 이거는 직접 쏘지는 않을 계획이에요. 총기검사 전에 살짝 다른 놈 총에다가 넣어서 오발로 총기사고 한 번일으켜 보려고요."

"그건 어디에 꼬불쳤는데?"

"샤워장 들어가면 보이는 옆에 벽 틈에요."

"대단하네. 근데 인성 검사는 어떻게 통과했데?"

"아, 그거야 남들이 체크하는 데에다가 따라서 체크하면되는 거죠."

"그랬구나. 그래, 알았다."

인수가 씩 웃으며 말할 때 손에는 볼펜 모양의 녹음기가들려 있었다.

김 이병은 고개를 갸우뚱거렸다.

그리고 플레이 버튼을 누른 순간, 거기에서 나오는 자신의 목소리를 들은 김 이병은 기겁했다.

"당장 영창 갈 준비하고 있어. 헌병대 부를 테니까."

김 이병은 두 눈만 깜박거릴 뿐이었다.

헌병대가 도착했을 때는 이미 인수가 실탄을 찾아 둔 상태였다.

헌병 둘이 김 이병을 양쪽에서 붙잡아 데리고 가자, 병사들의 표정은 활짝 펴졌다.

"모두 군 생활 잘 마무리하고, 그리운 집으로 건강하게 돌아가도록!"

"네, 알겠습니다! 대한!"

인수가 1소대원들의 단체 경례를 받아 주며 차에 올라탔다.

"운전병. 출발하자고."

"네, 알겠습니다."

인수가 탄 차가 사라질 때까지 지켜보던 소대장이 한마디 했다.

"저 법무관 양반 어쩌나. 앞으로 순탄치 못할 건데……."

소대장은 예전에 중대장으로부터 전해 들었다.

김 이병 잘 관찰하라고.

그놈 아버지가 도대체 뭐 하는 놈인지 모르겠는데, 위에서 자꾸 연락이 온다고.

너도 진급에 차질 안 생기게 잘하라고.

◇ ◆ ◇

삼건건설 사장실.

제3세대파 핵심 간부 아래 상급 간부 중의 한 명인 김철곤은 비서가 준비해 온 신상기록을 살펴보았다.

부(父) 박지훈. 제경패키지 사장.

"박인수라……."

김철곤의 얼굴에서는 그 어떤 표정도 읽을 수가 없었다.

회장과 핵심 간부들이 미쳐서 날뛰는 웃기지도 않은 사건이 일어났다.

이대로는 끝장이라며 새로운 후계자를 정하고 핵심 간부들을 갈아치우자는 의견이 일어나면 또 멀쩡해졌다.

그로 인해 지금 조직은 거의 와해되어 가고 있다 해도 과언이 아니었다.

김철곤은 조직을 이렇게 만든 인물이 지금 내려다보고 있는 인물, 박인수라는 사실은 꿈속에서도조차 상상하지 못했다.

◇ ◆ ◇

다음 주말, 인수가 또 서울에 왔다.

당연히 집에는 연락만 했다.

김선숙은 박지훈을 달달 볶기 시작했다.

인수가 이제는 전화기를 꺼 버렸기 때문이었다.

"좀 가만히 있지 말고 알아보라고요!"

"거참."

"거참은 뭐가 거참이야. 당신 아들 지금 뭐 하고 있나 좀 알아보라니까는!"

"근데 이 여편네가 말 짧은 거 봐라?"

"요! 요요요!"

"왜 나한테 화풀이야?"

"당신은 걱정도 안 돼? 요?"

"아, 결혼할 사람 있다며. 그 집에서 잘 놀고 있겠지."

"그니까 그게 누구냐고요!"

"아, 때 되면 집에 데리고 오겠지."

"언제? 도대체 언제!"

"이 여편네가 진짜!"

"요!"

"앞으로 한 번만 말 짧아 봐?"

"워메 속 터져! 그 참한 가영이를 마다하고!"

"뭔 소리여?"

"아 몰라요!"

주방으로 간 김선숙은 숨도 안 쉬고 얼음물을 들이켰다.

와드득.

얼음 부수는 소리가 아들을 부숴 버릴 것처럼 느껴졌다.

하지만 한편으로는 씩씩거리는 그 뒷모습이 짠하기도 했다.

"거 뭐냐. 맞선 계획했던 거 다 취소해."

"아, 약속한 걸 어떻게 취소해요?"

"누가 혼자 하래?"

"그 집안들이 보통 집안이 아니잖아요!"

"그게 뭐가 중요해?"

"워메? 그라믄 므시 중헌디? 므시 중허냐고!"

"이 여편네가 또 말 짧네."

"요! 요요요!"

김선숙은 소리를 빽 내지르더니, 안방으로 들어가 문을 쾅 닫아 버렸다.

"진정 좀 해! 당신이 계속 그러니까 인수가 못 데려오는 거잖아!"

박지훈이 문을 향해 소리쳤다.

소파에 앉아 나도 궁금하긴 하다며 혼자 중얼거리자, 김선숙이 귀신같이 듣고는 밖으로 나왔다.

"그 미친년이! 그 여우 같은 년이! 그 불여시 같은 년이!"

"들어가!"

"아니, 그 새벽에 남의 전화를 지가 왜 받아?"

"남이 아니지."

"남이죠!"

"아, 둘이 사귀고 결혼한다잖아?"

"워메, 참말로 당신도 꼴 보기 싫고 인수도 꼴 보기 싫어!

둘 다 꼴 보기 싫어!'

김선숙은 다시 문을 쾅 닫고 들어가 버렸다.

"저러다 곧 죽겠네."

박지훈도 머리가 아파서 냉장고를 열었다.

치익.

맥주를 따서 벌컥벌컥 들이켰다.

"나라도 먼저 좀 소개시켜 주지는."

박지훈은 자기도 모르게 말을 하고는 깜짝 놀라 안방 문을 바라보았다.

다행히도 못 들은 것 같았다.

그때 전화기가 울렸다.

김선숙이 문을 열고 튀어나왔다.

"쉿!"

인수였다.

"어, 아들."

[아빠, 엄마 좀 어때요?]

"네 엄마?"

쉿. 박지훈이 손가락을 세워 주의를 주자, 김선숙이 비장한 표정을 지으며 입을 꾹 닫았다.

"많이 차분해졌어."

[아, 그래요?]

"그럼. 자식 이기는 부모 없잖아? 그래…… 오늘 함께 오냐?"

[그럴까 생각 중입니다.]

굳어 있던 박지훈의 표정이 활짝 하며 펴졌다.

김선숙도 그 표정을 읽었다.

박지훈은 끝까지 침착했다.

"그래. 오게 되면 미리 말을 해라. 뭐라도 준비를 해야 하니까."

온데? 지금 온데?

김선숙은 남편의 손을 끌어내려 귀에 대려고 발을 동동 굴렀다.

쉿. 박지훈은 여전히 주의를 주며 대화를 이끌어 나갔다.

"엄마 바꿔 줄까?"

[아니요. 다시 전화 드릴게요.]

"그래, 알았다."

[네.]

뚜뚜뚜뚜.

"뭐야? 뭐래요?"

"다시 전화한다는데?"

"그러니까 온다고요, 안 온다고요?"

"몰라."

"아, 방금 여태 통화했음서!"

"오게 되면 전화한다고."

"오게 되면 전화한다고?"

"응. 오게 되면 전화 준다고."

"……."

김선숙은 두 눈만 깜박거렸다.

한참을 그렇게 멍하니 서 있다가 축 처진 어깨로 다시 안방으로 들어갔다.

"올 거 같은데?"

"그래요?"

뒤돌아선 김선숙의 두 눈이 동그래졌다.

"뭘 해야 하지?"

"뭘 하긴 뭘 해?"

김선숙은 남편의 말이 귀에 하나도 들어오지가 않았다.

거실을 서성거리며 방황하기 시작했다.

"내가 이럴 때가 아닌데. 아 참, 인혜! 이 가시나 들어오라고 전화해야겠네!"

김선숙은 인혜에게 전화를 걸었다.

"여보세요? 야 너 어디야?"

인혜는 첫 앨범이 나왔지만, 큰 인기를 얻지 못한 상태로 가수 활동을 이어 가고 있는 중이었다.

[어디긴? 회사지.]

"너 빨리 들어와."

[아, 왜?]

"니 오빠 올지 몰라!"

[뭐야…… 그게 뭐?]

"아따 가시나야! 니 새언니 될 사람이랑 같이 올지 모른 다고야!"

[오메…… 언제부터 새언니랴? 욕이란 욕은 다 할 때는 언제고?]

"아 시끄러! 빨리 들어와!"

[알았어!]

딸깍. 뚜뚜뚜뚜.

"이 염병할 년이…… 워메? 끊어 부렀네?"

"꼭 저렇게 욕을 해야 돼?"

"아, 뭐요?"

"후! 내가 진짜 오늘만 참는다. 응? 김선숙! 내가 참는다 고!"

"아, 시끄러워요!"

"……또 눈 뒤집혔네."

남편이고 뭐고 지금 보이는 게 없었다.

욕실로 들어간 김선숙은 세면을 하고 화장을 했다.

"아휴, 주름살 봐. 근데 뭘 좋아하는지 알아야 장을 보 지……."

박지훈은 아내의 모습을 지켜보다가 슬그머니 욕실로 들 어가 거울을 보며 얼굴을 살폈다.

턱을 들어 보니, 면도부터 해야 했다.

박지훈은 면도날을 갈았다.

한 번 더 쓰고 갈자 하면서도 몇 달째 계속 사용했던 면
도날이었다.

◇　◆　◇

재래시장.

박지훈은 뒤에서 따라오고, 앞장선 김선숙은 발걸음이
무척이나 빨랐다.

"뭘 그렇게 서둘러?"

"아, 미리미리 준비해 둬야죠."

이 모든 과정이 다 맘에 찍어 둔 며느리를 얻기 위한 연
습이라는 말은 일부러 하지 않았다.

"올지도 안 올지도 모르는데."

"아까는 올 거 같담서요?"

"알았어. 남세스러우니까 조용해."

"자기가 말 걸어 놓고는."

김선숙은 입술을 삐죽거리며 생선 코너로 향했다.

일단은 아들을 위해 홍어부터 뜰 생각이었다.

홍어를 50만 원어치나 뜬 김선숙은 차로 향했다.

"어디 가?"

"아, 빨리 와요."

"어디 가냐고?"

"홍어 샀응께 인자 고기 사야지라."

"여기 고깃집 널렸잖아?"

"여기 고기는 안 돼. 경동집 물건이 좋아."

"그냥 여기서 사. 거기까지 차로 1시간은 족히 걸려."

"그랑께 빨리 오쇼."

김선숙은 남편의 팔을 붙잡아 당겼다.

"와, 징하다. 욕할 때는 언제고."

박지훈은 그렇게 끌려가서 다시 차에 올라타 운전을 할 수밖에 없었다.

"아니, 다른 살 거는 없어? 술이랑 음료수도……."

"고기 사믄 위마트 가야지라."

"경동집에서 고기 사고 또 위마트를 간다고?"

김선숙은 대답하지 않았다.

"운전이나 똑바로 해요."

"와, 이 여편네가 진짜."

"아, 앞에 봐요!"

끙…….

"진짜 나 성질 많이 죽었네."

박지훈이 혼자 중얼거렸지만, 김선숙의 귀에는 하나도 들리지 않았다.

진수성찬이 차려졌다.

김선숙의 요리 실력이 예전과는 많이 달랐다.

엄마를 도와 달라고 부른 딸은 퍼질러 앉아 먹기 바빴다.

남편도 마찬가지였다.

"야 이년아! 너 그렇게 앉아서 처먹기만 할 거야?"

"엄마 음식 솜씨 많이 좋아졌네?"

"아, 시끄럽고. 냉장고 보면 야채 모둠으로 사 온 거 있어. 그거 언능 씻어."

"알았어. 요거만 묵고. 잡채 진짜 맛있다."

대답만 잘할 뿐이었다.

"맛있어?"

"응. 엄마 요즘 음식 잘하네?"

"가시나가 내가 지랑 똑같은 줄 알아."

김선숙은 홀로 바쁘게 움직였다.

박지훈과 인혜는 무슨 할 말이 그렇게 많은지 신나게 떠들며 음식만 축낼 뿐이었다.

"아 그만 좀 처먹어!"

"지금 나한테 그런 거야?"

"당신 말고! 저 가시나!"

"나만 미워해."

"냉장고에서 야채 좀 꺼내다 씻으라고!"

"알았어!"

인혜는 투덜거리며 냉장고로 향하더니, 전화기를 만졌다.

또 그렇게 한참을 서서 전화기로 톡을 하며 낄낄거렸다.

"아, 혈압 올라. 너 언제 씻을래?"

"알았어. 잠깐 대답만 해 주고."

"저 미친년이! 염병할 년이! 오메, 총찬한 년! 내가 저런 것도 딸이라고 낳고는 미역국을 처먹었네."

"시끄럽네. 내가 할게!"

"그래요, 당신이 좀 해요."

"뭐 하라고?"

"……그냥 가쇼. 가서 앉아서 맘껏 드시기나 하쇼."

"내가 한다니까."

박지훈은 냉장고를 열어 야채를 꺼냈다.

"이거 씻으라는 거지?"

"오메, 뭔 일이다냐."

"뭔 일은. 서로 돕고 살아야지."

"곧 죽을란갑네. 안 하던 짓을 다 하고."

"……김선숙, 너 진짜 계속 그럴 거야?"

"아, 뭐슬요! 빨리 씻기나 해요."

"……"

박지훈은 부글부글 끓어오르는 것을 꾹 참았다.

홍어를 뜨는 것부터 시작해 삥삥이를 돌릴 때부터 계속 참아 왔다.

언제부터 내가 이렇게 된 거지? 이런 생각도 들었다.

하긴 결혼을 하고 처음으로 주방에서 손에 물을 묻히는 중이었다.

어느새 시간이 저녁 8시가 다 되었다.

인혜는 먹을 만큼 먹었는지 방에 들어가 잠이 들었고, 진수성찬을 사이로 박지훈과 김선숙은 한마디 말도 없이 앉아만 있었다.

째깍째깍.

시간이 또 흘러 8시 30분을 지나갔다.

서로가 말을 못했다. 전화 좀 해 보라고.

김선숙은 조용히 일어나 주방으로 향했다.

돼지갈비를 데우고 있는 가스 불을 줄였다.

다시 거실로 돌아와 소파에 앉아 TV를 틀었다.

"졸리네."

소파 아래에 앉아 있던 박지훈이 소파에 앉았다.

김선숙의 옆에 엉덩이를 붙여 앉으며 말했다.

그러자 김선숙이 밀쳐냈다.

"아, 왜?"

"아따 거기 그냥 내려가 앉아 있으라고요. 더운께."

"붙지도 않았는데 뭘 더워?"

"엉덩이 딱 붙였음시로 거짓깔 하기는!"

"지금 나한테 화풀이야?"

"누가요?"

김선숙이 째려보자, 박지훈도 두 눈을 부라렸다.

"나 오늘 하루 종일 당신한테 시달렸어. 알아?"

"뭐요?"

"……."

박지훈은 자기도 모르게 두 눈을 내리깔았다.

'와, 나 성질 진짜 많이 죽었네.'

벽시계를 보니 어느새 9시.

"안 올려나 봐."

김선숙은 대꾸조차 하지 않았다.

'그래. 내 아들의 혼을 쏙 빼놓은 네년의 그 낯짝 한 번 꼭 보자.' 하는 표정으로 TV만 바라볼 뿐.

그때였다.

띠띠띠띠.

현관문 밖에서 디지털 도어록 버튼이 눌러지는 소리가 들려왔다.

김선숙의 두 눈이 동그래졌다.

박지훈의 두 눈도 동그래졌다.

"왔나 봐요!"

김선숙이 번개처럼 몸을 일으켜 현관으로 튀어 나갔다.

"흠, 흠."

박지훈은 아무렇지도 않은 척 TV에만 시선을 고정했다. 하지만 귀는 현관에 고정되었다.

"엄마. 나 왔어."

"안녕하세요?"

인수의 뒤에서 수줍게 말하는 여자의 목소리가 들려오자, 박지훈의 입가에 미소가 번졌다.

트리니티 레볼루션
Trinity
Revolution

제34장. 가족을 건드려?

제경패키지 정문.

그야말로 기분 좋고 상쾌한 아침이었다.

전날 과음을 했지만 거짓말처럼 거뜬했다.

숙취가 느껴져도, 이것이 과연 숙취인가 싶을 정도로 아무렇지도 않았다.

쌀쌀했지만 시원하게만 느껴졌다. 하늘도 맑았다.

"좋은 아침!"

박지훈은 회사 정문을 통과해 주차를 하다가 창문을 활짝 열고는 먼저 주차하고 내린 직원들에게 인사했다.

"사장님, 안녕하세요!"

"사장님! 좋은 아침입니다!"

"어, 그래! 날씨 좋다! 오늘도 수고! 열심히 달려 보자고."

박지훈은 주차를 하면서도 창문 밖으로 손을 빼고는 직원들을 향해 흔들어 주었다.

"사장님, 오늘 좋은 일 있으신가 봐요."

"언제는 없었어?"

"저 차도 아들이 사 췄다죠? 다 가진 남자네요. 완전 부러워. 아들이 완전 천재라면서요?"

"말이라고. 천재라는 말도 부족해. 고등학교도 조기졸업하고 서울대 법대도 조기졸업하고 사법연수원 수석 수료에 이제 군법무관 전역하면 검사 임용되겠지."

"우와. 그 정도예요? 뭐 과장된 거 아니에요? 그런 거 있잖아요, 말이 전해지다 보면 없는 말도 생기고 부풀려지기도 하고."

"아냐, 자네는 지금 입사한 지 얼마 안 돼서 잘 모르나 본데. 헛소문 아니야. 다 진짜야."

대화를 나누는 생산직 남직원과 신입 여직원은 부러운 시선으로 박지훈의 뒷모습을 보았다.

잘난 아들 덕분인지, 사장님의 뒤태가 유난히 근사해 보였다.

"아니 어떻게 똑같은 밥 먹고 사는데 그렇게 될 수가 있데요? 인간이 아니네요."

"그거보다 더 대단한 게……."

"뭐가 또 있어요?"

"천재도 천잰데 인성이 또 그렇게 좋대."

"헐. 진짜 대박."

"진짜 대박이지? 보통 그런 천재들은 어딘가 결함이 있거나 까칠하거나 그런데 말이야. 주변에 친구들도 많고 가족들한테도 그렇게 잘한대."

"와…… 아 참! 보보. 보보가 군부대 면회 가서 열애설 터졌을 때 그 상대 군인이 우리 사장님 아들이라는 말도 있던데요?"

"아 그거는 보보가 사장님 딸이랑 어렸을 때부터 친구야. 지금도 가끔 집에 놀러오고 그런다는데 뭐. 사장님 딸도 가수 활동 하고 있고."

"딸은 또 가수예요? 누구요?"

"신지원이라고 정규 앨범도 있고 그래. 근데 확 뜨지는 못하나 봐."

"와…… 어쨌든 보통 집안이 아니네요."

"다른 건 다 그렇다 쳐도, 난 보보랑 친하다는 게 제일 부러워. 천하의 보보가 제집처럼 놀러오는 그런 사이라니. 아, 부럽다."

"그러네요. 최고로 부러운 남자네요."

"아무튼 우리 사장님 정말 좋으신 분이셔. 5년 연속 월급 인상을 7%씩 해 주는 사장님이 세상 어디에 있을까. 또 흑자

나면 그걸 다 직원들에게 공평하게 분배해 주고. 정말 대단
하셔."

"그래서 또 좋은 일만 생기시나 봐요."

"그런가? 우리도 들어가서 열심히 일해 보자고."

"네!"

생산 현장으로 향하는 제경패키지의 직원들도 발걸음이
가벼웠다.

사장실.

박지훈은 업무를 보는 내내 콧노래를 흥얼거렸다.

노무 담당자인 김진석 실장이 들어와 사장님의 표정을
살피며 물었다.

"사장님. 오늘도 좋은 일 있으신가 봅니다."

"암만."

"저도 좀 알려 주십쇼. 같이 알고 싶습니다. 오늘은 진짜
보통 일이 아닌 것 같은데요?"

박지훈이 활짝 웃으며 김 실장을 바라보았다.

"내 얼굴이 그렇게 좋나?"

"너무 좋습니다."

"이거 언제부턴가 포커페이스가 되질 않네."

"아휴, 사장님. 좋은 일을 당연히 함께해야지 굳이 감추실
이유가 뭐가 있나요? 전 또 무슨 좋은 일인지 벌써 기대가

됩니다."

박지훈이 씩 웃자, 김 실장은 기대된다는 얼굴로 다음 말을 기다렸다.

"자네는 자네 아들이 사귀는 사람이라고 여자 친구를 집에 데려온 적 있나?"

"사장님, 제 아들은 이제 고1인데요?"

"그래? 그러면 모르지. 자네는 몰라. 자네는 지금 내 기분을 절대로 알 수가 없어."

"오! 인수가 여자 친구를 집에 데려왔나 봅니다?"

"그랬지."

"예쁩니까?"

"겁나 예뻐. 자식, 나 닮아서 여자 보는 눈은 있더라고."

"오!"

"오오!"

박지훈이 김 실장의 감탄사를 따라했다.

"오오오! 사장님께서도 맘에 드신 것 같습니다."

그러자 박지훈이 김 실장의 귀에 대고 살짝 말해 주었다.

"간호사래."

"간호사요? 오! 1등 며느리!"

김 실장의 격한 반응에 박지훈은 뿌듯한 표정을 지었다.

"와, 사장님! 저는 사장님이 진짜 부럽습니다! 이제 몸 안 좋으시고 그러시면 집에서 링거도 맞고! 와! 진짜 부럽다!"

"아니, 무슨 말이……."

"아이고, 죄송합니다. 당연히 아프시면 안 되죠! 제가 드리는 말씀은……."

"알아, 무슨 말인지. 뭐 부러우면 자네도 아들 잘 키워."

김 실장의 표정이 갑자기 우울해졌다.

"왜 그런 표정이야?"

"글러 먹었습니다. 이 녀석은 돈 필요할 때만 아빠지."

"아직 희망을 잃지 마. 인수도 그때는 그랬어."

"그러고 보면 참 신기합니다. 사장님 인수가 고1때까지만 해도 못마땅하셔서 말씀 많이 하셨잖아요. 뭐 절에 보내 달라고 그래서 사장님 속이 새카맣게 타들어 가셨고요."

"그러게. 그랬었지. 그런 녀석이 저렇게 변해서 머리가 터질 줄이야."

"그러게 말입니다. 나중에 머리가 터지는 사람이 있다던데 그게 인수였다니요. 그런데요, 사장님."

"응?"

"인수는 그 간호사 아가씨랑 결혼을 생각하고는 있는 거 같습니까?"

"그런 거 같아. 느낌이 오더라고."

"좀 아깝네요."

"뭐가? 이 사람이. 내 아들만 귀한 자식인가?"

"아니 그게요…… 두 사람을 비교해서 하는 말이 아니고요.

인수 나이가……."

"이제 스물셋."

"그 아가씨도요?"

"응. 동갑이래. 이제 간호사 실습 나간 거고."

"그러니까요. 제 말이 나이가 아깝다는 거죠. 충분히 더 즐길 수가 있는데 벌써 결혼을 생각하고 있다는 게요. 이러다 어느 날 손주 보여 드리는 거 아닌가 모르겠네요."

"그게 참…… 나도 울 아들 옆에서 지켜보면 뭔가 이상하긴 해. 어쩔 때 보면 나보다 더 늙은 아저씨 같아."

"그렇긴…… 하죠?"

김 실장도 인수를 몇 번 보아서 충분히 공감하는 부분이었다.

"뭐 자기 인생이니까 자기가 알아서 하겠지. 근데 나도 늙었나 봐. 손주 보고 싶은 맘이 없는 건 아니야. 우리 집사람 이런 말 들으면 팔짝 뛸걸."

"아 참, 사모님께서도 맘에 들어 하세요?"

"그 사람?"

김 실장도 덩달아 긴장했다.

"네. 사모님요."

"집사람은 지금 뭔가가 마음에 안 들어. 자기 뜻대로 안 되니까 그러는가 본데. 근데 그걸 또 대놓고 말할 수도 없어. 뭐 그런 입장이야."

"음…… 전 충분히 사모님 이해할 수 있어요. 장관 여식이랑 재벌가에서 주선이 계속 들어오면 저라도 일단 만나 보게는 할 겁니다."

"나도 이해는 하는데, 사람이 그러면 안 되는 거야."

"사장님 입장도 이해하고요."

"아이고, 성인군자 납셨네?"

"아휴, 사장님. 부끄럽습니다."

"이 사람."

박지훈이 웃자, 김 실장도 따라서 웃다가 갑자기 안색이 돌변했다.

"그런데요, 사장님. 제가 아까부터 보고드릴 게 있었는데요. 정신이……."

"응?"

"영업팀에서 어제 저에게 연락이 왔는데요. 사장님께 직접 보고를 드리기가 어렵다면서요."

"왜? 뭐가 어려워?"

"그게…… 참 공교롭게도 하이텍, 민도텍 두 회사에서 앞으로 계약이 종료되면 재계약은 없다고 했답니다. 우리 제품 대신 삼도패키지로 생각하고 있다면서요."

"뭐? 이 사람들 왜 이래?"

"그러니까요. 이상하지 않습니까? 두 회사가 서로 짠 것처럼 통보를 해 왔답니다."

트리니티 레볼루션
Trinity
Revolution 4

"계약 기간이 얼마나 남았지?"

"하이텍은 1년 남았고요, 민도텍은 1년 2개월 남았습니다."

"그러면 아직 재계약을 언급할 때가 아닌데? 왜 그러지? 품질에 무슨 문제가 있는 거야? 컴플레인 걸어온 내용 있어?"

"아니요. 없습니다. 그래서 이상하다는 거죠."

"아니, 무슨 문제도 없는데…… 내가 직접 전화해 볼게."

박지훈은 하이텍에 전화를 걸기 전, 사내 영업팀장과 먼저 통화를 나누었다.

노무실장의 말과 일치했다.

"그래, 알았어."

그렇게 앞뒤 상황을 다시 점검한 뒤 하이텍 영업팀으로 전화를 걸었다.

통화가 지속될수록 박지훈의 안색은 굳어만 갔다.

답답하다는 듯 넥타이까지 풀고 있었다.

김 실장도 따라서 안색이 변했다.

"아니, 벌써 결정된 사항이라는 게 말이 됩니까?"

박지훈은 목소리를 높이고 말했다.

민도텍도 마찬가지였다.

대화가 되지 않았다.

일방적인 통보만 해 올 뿐이었다.

통화를 끝낸 박지훈이 자리에 털썩 주저앉아 한숨을 내뱉자 김 실장이 옆으로 다가왔다.

"뻔할 뻔 자죠. 공급가를 낮추려는 의도가 틀림없습니다."

"아니야. 공급가를 낮출 계획이면 삼도패키지랑 경쟁 붙이려고 일단 물량부터 줄이고 보는데…… 뭐 만나서 할 말도 없다고 그러고. 왜 이러지? 도대체 나한테 왜 이러지?"

"사장님, 이번에 임금 인상폭도 너무 높아서…… 계약 해지되면 타격이 너무 클 거 같은데요. 그리고 소문이 나면 주가도 폭락할 것이고, 그렇게 되면 회사가 송두리째 흔들릴 수도……."

김 실장은 직원들의 고통분담이 필요하다는 말을 하려는 중이었다.

"일단 직원들에게는 알리지 마. 내가 해결해 볼게."

"네, 알겠습니다."

박지훈은 두 눈을 감고 말았다.

분명 윗선에서 어떤 놈이 장난질을 치는 것이 틀림없었다.

그놈이 누군지를 알아내는 것이 급선무였다.

◇ ◆ ◇

제16보병사단 사령부 감찰부.

띠리링.

"대한! 사단 사령부 감찰부 일병 김진솔입니다. 네, 맞습니다. 네, 알겠습니다. 박 중위님, 전화 좀 받아 보십시오."

"어. 돌려 줘."

인수는 행정병이 돌려 준 전화를 받았다.

"여보세요?"

[안녕하십니까? 지금 전화 받으신 분이 박인수 법무장교님 되십니까?]

"네, 맞습니다. 제가 박인수입니다. 실례지만 어디십니까?"

[삼건건설입니다. 저는 사장실 비서실장 윤택수라고 합니다. 휴대폰으로 전화드렸는데 계속 안 받으시네요.]

인수는 자신의 휴대폰의 부재중 목록을 보았다.

모르는 번호로 4통의 부재중 전화가 와 있었다.

"삼건건설? 건축회산가요? 건축회사에서 저에게 무슨 일이시죠?"

[김형태 이병 관련하여 직접 찾아뵙고 전할 말이 있습니다.]

"김 이병이요?"

153

[네. 잠시 후 뵙겠습니다.]

뚜뚜뚜뚜.

상대가 먼저 전화를 끊었다.

그리고는 바로 위병소에서 연락이 왔다.

정문에서 면회 신청이 들어왔단다.

"어, 알았어."

인수는 씩 웃고는 업무 처리만 할 뿐이었다.

잠시 후, 또 위병소에서 연락이 왔다.

"알았어. 잠시만 기다리시라 그래."

그렇게 뜸을 들이며 처리할 일을 다 처리하고 김 일병과 농담 따먹기를 하다가 3시간 뒤에 위병소로 내려갔다.

"대한!"

"어, 대한."

인수가 위병의 경례를 받고는 밖으로 나가자, 검정색 고급 승용차가 한 대 보였다.

승용차 옆에서 말끔한 슈트 차림의 남자 세 명이 담배를 피우고 있다가 인수를 발견하고는 앞으로 다가왔다.

덩치로 보나 험한 인상으로 보나 시시콜콜한 건달들은 아니었다.

"빨리도 등장하네."

세 남자 중 우두머리로 보이는 윤 실장이 인수의 얼굴을 살피며 혼자 중얼거렸다.

윤 실장은 피우던 담배를 발아래 내던지고는 발로 비벼 껐다.

인수는 짓이겨지는 담배꽁초를 물끄러미 바라보았다.

"박인수 중위님?"

"담배꽁초를 무단투기하시면 안 되죠?"

인수가 대답 대신 담배꽁초를 내려다보며 말했다.

하지만 윤 실장이 인수의 말을 말아먹었다.

양쪽의 두 남자도 씩 웃었다.

윤 실장이 다시 발로 담배를 자근자근 비비며 말했다.

마치 너를 이렇게 발로 밟아 주겠다고 협박하는 것처럼 보였다.

"김형태 이병 알죠?"

"김 이병이요? 우리 관심사병이요?"

"아니죠."

"맞는데?"

윤 실장의 얼굴이 순간 굳어졌다.

인수를 향해 눈에 힘을 빡 주는 것이 여차하면 발목에서 회칼을 뽑을 기세였다.

"아, 됐습니다. 저희 사장님의 뜻을 전합니다. 지금부터 박인수 중위님은 투철한 군인정신으로 무장된 우수사병인 김형태 이병을 자신의 권력을 남용해 관심사병으로 만든 일에 대한 책임을 져야 할 것입니다. 하지만 지금 당장 돌아가서 원래대로 돌려놓으면, 더 이상 책임을 묻지 않으시겠답니다."

윤 실장이 말을 끝내고는 인수를 노려보았다.

"알아들으셨나요?"

"거기 사장님이 김 이병이랑 무슨 관계이기에?"

"그건 그쪽이 알 바 아니고."

"아, 그래요? 알겠습니다. 뭐 앞뒤 없이 책임지라면 기꺼이 책임지겠습니다."

인수의 대답을 들은 윤 실장은 그 어떤 미동도 없이 한참 동안 노려보기만 했다.

그러자 인수가 씩 웃었다.

그렇게 주위가 고요해졌다.

보통 사람이라면 엄청난 압박이었겠지만, 인수는 가소로운 탓에 웃음만 나올 뿐이었다.

그 오랜 침묵을 깨고, 윤 실장이 한 걸음 더 앞으로 다가왔다.

덩치가 거대한 탓에 인수가 작아 보일 지경이었다.

이 장면을 지켜보고 있는 위병소의 위병이 험악한 분위기로 인해 겁을 잔뜩 집어먹고 있었다.

"좋은 자세입니다만, 아직 말귀를 못 알아들으셨네요. 중위님 아버님과는 통화했습니까? 제경패키지 사장님."

"아, 가족부터 건드리시겠다?"

트리니티 레볼루션
Trinity
Revolution 4

인수의 말에 윤 실장이 픽 하며 웃었다.

"건드리긴 뭘 건드립니까? 우리는 그런 사람들 아닙니다. 그렇게 듣기에 거북하고 험한 말씀은 하지 마시고, 전화부터 해 보시지요."

"아닙니다. 네놈 주둥이를 통해 듣겠습니다."

이놈 봐라? 놈들의 눈빛이 번뜩거렸다.

"어디 조용한 데로 갈까요? 몸이 근질근질하실 텐데요."

"하하하. 이거 젊은 장교님께서 뭔가 오해가 있는 것 같습니다. 다시 말씀드리지만, 저희는 그런 사람들 아닙니다. 저희 사장님의 뜻을 전할 뿐입니다. 잘 알아들었으면 좋겠는데요."

"잘 알아들었으니까 저기 비포장 길로 올라가면 진짜 조용한 데가 있어. 그러니까 가자고."

말도 짧아졌다.

윤 실장이 이놈 안 되겠다는 표정으로 뒤의 수하들에게 눈치를 주었다.

인수가 앞장서서 가자, 놈들이 이제는 어쩔 수 없다는 듯 그 뒤를 따라왔다.

위병소를 옆으로 돌아 비포장 길을 타고 올라가는 그때였다.

인수는 결계를 만들어 놈들을 가두었다.

외부와 차단시킨 것이다.

위병들은 건물 옆으로 돌아간 사람들이 보이지 않자, 박 중위님이 걱정되기 시작했다.

맞아 죽을 것만 같았다.

김 이병의 아버지가 유명한 건달이라더니 진짜였고, 결국엔 올 것이 오고야 말았다고 생각했다.

어떻게든 나서서 말려야 하지만, 섣불리 움직일 수도 없었다.

"여기가 좋네."

인수가 뒤돌아섰다.

발아래에는 하얀 파쇄석이 골고루 깔려 있었다.

파쇄석이 밟히는 소리가 기분 좋게 들려왔다.

"미리 말씀드립니다만, 저는 중위님을 죽일 수도 있습니다. 죽지 않으면 평생 불구가 될 수도 있고요."

윤 실장이 바지를 살짝 잡아 올리며 말했다.

회칼 손잡이가 보였다.

그 모습이 정말 진지했다.

보통 사람이라면 여기까지 오지도 않았다.

지금 이 사태 파악 못 하는 어린 장교는 앞으로 싸대기 네 대면 끝날 것이라 판단했다.

이렇게 윤 실장은 자신이 지금 위험한 상태라는 사실은 꿈에도 몰랐다.

결계 안에 갇혀 외부에서는 보지 못한다는 사실을 알 리가 없었다.

"형님, 제가 하겠습니다."

윤 실장의 뒤에서 한 녀석이 말하며 회칼을 뽑아들었다.

순간, 인수의 눈빛이 돌변했다.

"더 이상은 못 참겠다, 이놈아."

빠악.

인수는 다짜고짜 앞에 서 있는 윤 실장의 정수리에 꿀밤부터 주었다.

"케엑!"

윤 실장은 눈물이 찔끔 나올 정도로 아파서 저절로 비명을 토해 낼 수밖에 없었다.

얼마나 아팠는지, 다리의 힘이 풀려 풀썩 주저앉았다.

엄청 아팠다.

지금까지 이렇게 아프게 맞아 본 적이 있었나 싶을 정도로 너무나 아팠다.

"크아아아!"

자동 반사였다.

두개골이 수박처럼 양쪽으로 쩍 갈라지는 것만큼 아파서 두 손으로 꽉 붙잡고는 막 비볐다.

이제는 통증이 사라질 때도 되었는데도, 계속 아팠다.

"와아아아아!"

저절로 탄성이 터져 나왔다.

두 손바닥으로 비벼도 고통이 해결되지 않자, 꼭 눌렀다.

"크아, 크아!"

그렇게 통증이 서서히 잦아들자 이제 좀 살 만했다.

한데 그때 귀가 쫙 찢어졌다.

"아, 아아아!"

옆에서 아무 생각 없이 서 있던 수하 두 명이 깜짝 놀랐다.

두 눈으로 빤히 보면서도 믿을 수가 없었다.

그대로 몸이 얼어붙고 만 것이다.

"형님!"

형님이 어린아이처럼 미칠 듯이 고통을 호소하는 것도 모자라, 귀를 붙잡힌 채로 매달려 쩔쩔매고 있기 때문이었다.

"이 새끼!"

회칼을 뽑으려던 놈이 정신을 차리고는 달려들었다.

인수의 멱살을 움켜잡고는 냅다 던져 버릴 참이었다.

하지만.

퍼억.

인수의 발이 늘어나기라도 한 것처럼 달려오던 놈의 복부에 박혔다.

"꺼어……."

군홧발에 명치를 제대로 허용해 숨을 쉴 수가 없었다.

입모양이 흉하게 열렸다.

동공이 빠져나와 버릴 것처럼, 하얗게 드러난 흰자위가 핏줄이 터져 새빨개지더니 부들거렸다.

"젠장!"

이럴 줄은 꿈에도 몰랐다는 듯 나머지 한 놈이 깜짝 놀라 인수의 얼굴을 향해 주먹을 휘둘렀다.

하지만 느려도 너무나 느렸다.

느려 터졌다는 말이 정확했다.

인수는 그 주먹에 윤 실장의 안면을 대 주었다.

빠악.

"큭!"

정확하게 맞았다.

앞니가 두 개가 날아가 버렸다.

"헉! 형님! 죄송합니다!"

때리고 보니, 형님이었다.

"이 병신이!"

발음이 샜다.

이빨이 깨지며 밀려오는 통증도 버티기 힘든데 귀를 찢는 아픔까지 더했다.

윤 실장은 여전히 귀를 붙잡힌 상태로 쩔쩔맸다.

"아, 아아아!"

"너도 이리 와."

"이 미친……!"

윤 실장의 얼굴을 때린 놈이 뒷걸음질을 치자, 인수가 윤 실장의 귀를 붙잡아 늘리며 놈을 불렀다.

"안 와? 야, 네 똘마니가 안 온다? 너 어쩔래?"

"아, 아아아! 이거 놔! 못 놔?"

"아직 덜 아픈가 보네?"

인수는 놈의 귀를 더욱 힘껏 잡아 올렸다.

윤 실장은 육중한 몸무게 탓에 아픔이 두 배였는지 눈물이 찔끔 새어 나왔다.

"크아! 아파! 아프다고! 씨발!"

"아파?"

윤 실장은 자존심 때문에 더 이상 말하지 못했다.

"왜 욕을 해?"

놈이 대답하지 못하는 그때 복부를 허용했던 녀석이 정신을 차리고는 일어나 다시 달려들었다.

하지만 또 퍼억.

놈은 다시 고꾸라져 배를 움켜잡고는 꿈쩍도 못했다.

가쁘게 숨만 내쉴 뿐.

"꺼어어어……."

그 둘 사이에서 이러지도 못하고 저러지도 못하고 있는 녀석은 침을 꿀꺽 삼키다가 소리쳤다.

"당장 안 놓으면 너 죽는다!"

회칼을 뽑아 들었다.

섬뜩해 보이는 칼날이 인수의 눈앞에서 달달달 떨렸다.

"저놈 아직도 상황 파악이 안 되나 보네. 이리 오라 그
래."

"크으……."

"말하면 놔줄게. 너 진짜 안 아픈가 보다?"

"아파! 씨발! 졸라 아파!"

"말이 짧네."

"아픕니다! 씨발 졸라 아픕니다!"

"쌍시옷이 들어갔네."

"아픕니다…… 아, 아아 아아아! 제발 좀 놓으라고! 아파
죽겠으니까!"

"저놈 이리 오라 그러라니까?"

"아, 아아! 빨리 와!"

"형님……."

"빨리 오라고!"

놈이 재빨리 인수의 앞으로 다가왔다.

"차렷."

놈은 인수의 명령에 자기도 모르게 몸이 얼어붙어 차렷
자세를 취했다.

"열중쉬어. 앉아."

놈이 열중쉬어 자세로 앉는 그때 인수는 놈의 귀도 붙잡아

163

당겨 올렸다.

그렇게 두 놈의 귀를 양쪽으로 붙잡고는 흔들었다.

"아, 아아아!"

"아아아아!"

그 앞에서 복부를 움켜잡고는 겨우 숨을 내쉬고 있는 놈은 이게 지금 어떻게 된 것인지 두 눈으로 빤히 보면서도 믿을 수가 없었다.

"말해 봐. 가족을 건드려? 뭘 어떻게 건드려?"

"자세한 건 모릅니다! 윗선에 말해 납품에 영향을 준다고 했습니다!"

윤 실장은 통증에서 벗어나고 싶은 그 간절한 마음만큼 빠르게 대답했다.

"흠. 네놈들이 아직 윗선이 있어? 그 윗선은 또 누구야? 매 벌지 말고 빨리 말해."

"국세청 조사4국! 거기 1국장입니다!"

"이름."

"허창환! 허창환 국장입니다! 이제 좀…… 아아아!"

"알았어."

인수는 두 녀석의 귀를 놓아주었다.

놈들은 이제야 살만한지 귀를 막 비비며 뒷걸음으로 물러섰다.

"똑바로 서. 차렷."

윤 실장을 중심으로 양쪽의 거구들이 군기가 바짝 든 신병들처럼 차렷 자세를 취했다.

인수는 그 앞에서 해병대 조교처럼 말했다.

"대가리 박는다. 실시."

윤 실장의 동작이 제일 빨랐다.

나머지 두 놈도 따라서 머리를 박고는 열중쉬어 자세를 취했다.

파쇄석에 머리를 박은 것만도 버티기 힘들었다.

거기에 셋 다 덩치가 워낙 큰 탓에 잠시도 버티지 못했다.

다리부터 시작해 몸이 바르르 떨렸다.

균형이 무너지려 하자 두 손을 내려서 버티기 위해 무진장 애를 썼다.

"손 내려오면 5분 연장됩니다."

힉. 그 말에 놈들은 다시 재빨리 열중쉬어 자세를 취하고는 딱 버텼다.

인수는 뒷짐을 지고는 그들의 머리 앞을 서성서리며 말했다.

"그 상태로 듣습니다. 조용히 올라가서 잘 전했다고 보고합니다. 내가 겁에 질려 원래대로 김 이병의 포상휴가를 약속했다고 전합니다. 알겠습니까?"

"네, 알겠습니다!"

"그럼 일어서서 차로 이동하는데, 아까 버렸던 담배꽁초 주워 갑니다. 알겠습니까?"

"네, 알겠습니다!"

"자, 일어선다. 실시."

윤 실장과 수하들이 벌떡 일어섰다.

얼굴이 빨갛다 못해 시커먼 상태였다.

한 놈은 파쇄석이 머리에 푹 박혀 있었다.

인수는 결계를 푼 뒤 다시 위병소 앞으로 왔다.

놈들은 빌빌거리며 담배꽁초를 줍더니, 차에 올라타 시동을 걸기 무섭게 도망쳤다.

인수는 놈들의 차를 바라보며, 곧바로 아빠에게 전화를 걸었다.

"아빠, 별일 없으세요?"

[어, 아들. 아빠 별일 없지.]

"알았어요."

[너야말로 무슨 일 있어?]

"아니요. 그냥 아빠 목소리 듣고 싶어서요."

[그래. 몸조심해라. 아빠는 걱정 말고.]

"네."

인수는 전화를 끊고 나서 잠시 생각에 잠겼다.

김철곤이 두고 있는 수를 떠올리며 그보다 몇 수 앞을 내다보고 있는 중이었다.

문득 김철곤 혼내 주기를 시작할 그 적임자의 얼굴이 떠올랐다.

"흠. 너무 오랜만이라 교수님 화낼 텐데."

서울대 재학 중 경영학과 교수인 변영하 교수의 강의를 들은 적이 있었다.

변영하 교수는 강대국들의 외투자본을 비롯한 한국사회의 정의롭지 못한 자본과 그 성장의 혜택에서 소외된 노동자들의 문제를 연구해 왔다.

그날 강의실에서도 자본가들만 배를 채울 것이 아니라, 온 국민들과 노동자들이 기업의 발전과 성장을 통해 공정한 부의 분배를 이루고 서로 잘살 수 있는 해결방안에 대해 서로 이야기해 보자며 심도 깊은 강의를 했었다.

그리고 자신이 아직 찾지 못한 해답에 대해서 리포트 과제를 주었다.

그날 강의실을 빠져나온 학생들의 대부분이 변영하 교수를 이상주의자라고 말했었다.

자본주의사회에서 실현 불가능한 말만 잔뜩 늘어놓았다고 비판했다.

자본가들이 얼마나 독한 놈들인지, 또 그런 놈들의 뒤를 봐주고 있는 정치권의 썩은 권력가들이 얼마나 악질인지 잘 모르는 것 같다며.

하지만 인수의 생각은 달랐다.

지금 당장은 불가능할지 몰라도 누군가가 계속 노력하면 언젠가는 반드시 실현될 수 있다고 판단했다.

인수는 평소 변영하 교수가 직접 쓴 책을 통해 교수님의 정의로운 마인드에 깊은 감명을 받은 터라, 50쪽에 달하는 리포트를 작성해 올렸다.

그 리포트를 확인한 변영하 교수가 인수에게 먼저 전화를 걸어온 것이다.

청강제자가 수강제자들보다 훨씬 낫다며.

그때 변 교수는 전화로 자신이 고민하는 부분과 해답을 찾지 못하는 부분에 있어서 정확한 해답을 찾은 것 같다고 말했다.

인수가 작성한 리포트의 핵심은 바로 〈재벌개혁을 통한 공정분배〉.

간단하게 말하자면, 대기업의 초과 성과이익을 다시 하청업체 노동자들의 임금상승분으로 되돌려 주어야 한다는 이론이었다.

이 공정분배 이론에는 하청업체의 기계설비투자는 빠져 있었다.

돌려주는 돈에는 오직 노동자들의 임금상승분만 해당되었다.

하청업체들은 대기업의 투자를 빌미로 노동자들의 임금 상승을 억제하기 때문이었다.

그리고 지금 변영하 교수는 자유무역협정 재협상을 위해 신임 청와대 비서관실 정책실장으로 임명되었다.

소통을 원하는 시민들과 불통을 고집하는 정권 사이에서 그 문제를 해소하기 위해 광화문 광장에 직접 나서기도 했다.

그와 동시에 재벌개혁도 이루어 내야만 했다.

바다로 흘러간 물이 다시 비가 되어 세상에 뿌려지듯 재벌개혁을 통한 초대기업의 초과성과이익만큼은 다시 하청기업 노동자들에게 공정분배하기 위한 법안을 통과시키기 위해 홀로 싸움에 들어간 것이었다.

이러한 과정에서 변영하 교수는 인수와 자주 만나 서로의 의견을 말하기도 하고 소주를 마시기도 하며 친해진 것이었다.

하지만 요즘 인수가 세영과 연애를 하고, 변 교수도 정신없이 바빠서 서로 소식이 뜸했다.

그리고 안타깝지만, 인수는 알고 있다.

임기 동안 여러 정책에서 성공하지 못하고 좌천되는 변 교수의 앞날을.

훌륭하고 현명하고 바르고 똑똑한 사람이 시대를 잘못 만난 것이었다.

인수는 변영하 교수에게 전화를 걸었다.

"교수님, 안녕하십니까? 저 박인수입니다."

[오, 이게 누구야? 우리 천재 인수! 근데, 잠깐만. 야, 인
마! 너 너무한 거 아니냐? 어떻게 이렇게 무심할 수가 있
냐?]

"하하하, 죄송합니다. 제가 좀 바쁘게 지냈습니다."

[바쁘기는 개뿔! 군대 짬밥 먹으면서 탱자탱자하는 거 내
가 다 알거든? 그런데 뭐가 바쁘다고 그래? 내가 그렇게 도
와 달라고 해도 차갑게 외면하고 입대하더니만, 살 만한가
보지? 난 정신이 없어. 아 참, 지금도 나 말이야 우리 그때
한참 얘기 나누었던 거……]

"교수님."

[응?]

"교수님도 참…… 그게 하루아침에 되면 세상에 못 할
일이 뭐가 있어요? 앞으로 시간이 많이 지나게 되면, 그때
바뀐 정권의 분위기는 교수님이 원하는 방향으로 흘러가니
까 지금 굳이 애쓰셔 봐야 안 되고 힘만 들어요."

[말하는 거 보면 무슨 타임머신이라도 타고 미래를 다녀
온 사람 같다? 시끄러. 난 이것도 빨리 끝내야 돼.]

"거참…… 급하게만 생각하지 마시고요. 그럴수록 교수
님 의지가 흔들림이 없다는 것을 대내외로 알리는 과정이
지금은 더 중요해요. 그 노력이 뒤에 가서는 한몫하거든요.
솔직히 막말로 대기업들이 미쳤다고 자기들이 번 돈을 다
시 풀고 싶겠어요?"

[풀어야지! 그게 지들이 번 거야? 이 깡패 같은 놈들이 하청업체들 상대로 죽지 않을 만큼만 갑질해서 빼앗아 온 거지. 이놈들은 이 돈 이렇게 쌓아 뒀다가 죽을 때 짊어지고 가려고 그러나 봐. 하여튼 이상한 인간들이야.]

"하하하. 교수님! 이상한 건 교수님이죠. 그 양반들이 정상적인 겁니다. 자본주의사회에서 돈 싫어하는 사람이 어디 있어요?"

[어허, 이런 고약한지고! 뭐 나는 자유경쟁 신자유주의자다, 이런 거야?]

"전 그런 거 없습니다. 있다면 행복주의자입니다."

[이 녀석 이거 나중에 민정수석으로 여기 들어오면 나 같은 사람 딱 쫓아낼 놈이야 이거.]

가난을 극복하고 서울대 경제학과 교수가 되어 청와대 정책실장으로 임명되기까지, 그 파란만장했던 서민의 삶이 고스란히 녹아 있는 사람다운 말투였다.

"우와! 그때까지 거기 계시려고요? 파란 지붕이 좋긴 좋으신가 보다."

[이 녀석이! 임기가 끝나도 난 내가 한 번 맡은 문제들은 전부 다 꼭 해결할 거야.]

"교수님. 지금은요, 시민들의 목소리에 먼저 집중하셔야 돼요. 아직은 때가 아닙니다."

[그러고 있거든? 그리고 때는 만드는 거야.]

"아 그러시면 대기업 회장들 자꾸 만나서 쪼아 대라고요. 술자리도 싫다, 밥도 같이 먹기 싫다, 차도 싫다. 이렇게 만나 주지도 않고 공문으로만 진행하니까 인간미가 없는 거죠. 어차피 다 사람이 만나서 해결해야 하는 부분인데요. 만나서 술을 한잔해도 '나는 그냥 고집불통이다. 내가 이렇게 가기로 했으면 난 끝까지 갈 테니까 알아서 해라.' 라는 식으로 배짱을 부려야죠. 지금 시스템 허점 찾아내면서 반대하고 딴죽거리는 양반들도 청와대 정책 방향만 결정되면 결국엔 다 꼬리 내릴 겁니다. 뭐 시간이 좀 필요하긴 하지만요."

[그러니까 나 좀 도와 달라는 거 아냐. 세금을 통한 복지는 근본적인 해결방안이 안 돼.]

"양극화 현상이 너무 빠르기 때문이죠."

[그래. 잘 알면서 그래. 정규직 비정규직, 대기업 중소기업. 양극화가 너무 앞서가니까 복지로는 안 된단 말이야. 이놈들이 왜 반대하겠어? 공정분배법안이 통과되면 당장 자기 주머니 채워 주던 돈줄이 끊어지니까는 그러는 거지. 솔직히 말해 줄까? 법안 통과는 개뿔, 내가 지금 이 판에서 나가리 되기 일보직전이야!]

"아이고…… 교수님, 힘내십쇼."

[힘을 실어 줘야 힘이 나지! 나 외로워. 진짜 외로워. 사방이 다 적이야.]

"에구…… 죄송합니다."

트리니티 레볼루션
Trinity
Revolution 4

인수는 사방이 다 적이라는 말에 마음이 아련해져 왔다.

이렇게 약자들을 위해 노력하는 정의로운 사람들이 많아
져야 한다. 그래야 바뀐다.

[시끄러. 말만 죄송하지. 그래서 뭐야? 용건이 뭐야?]

"저 좀 도와주시라고요."

[이런, 썩어 나자빠질 놈. 내 이럴 줄 알았어. 벌써 제대하
나? 검사 임용이야 문제없을 거고. 뭐 지방에서 일하기 싫
다 이런 거야?]

"아휴, 그런 거 아닙니다. 저는 인사 청탁하지 않습니다."

[그럼 뭐야? 내가 뭘 도와줘?]

"국세청장에게 전화 한 통만 부탁합니다."

[그 양반은 왜?]

"거기 조사4국에 1국장 허창환이라는 사람이 중소기업
납품거래에 관여하고 있나 봐요. 압력도 넣고요."

[이런 개후레자식! 피해 업체가 어딘데? 손실 금액은 어
느 정도야? 사장 이름이 뭐야?]

"아니요, 교수님. 뭐 당장 일방적인 계약 해지를 당한 건
아니고요. '그냥 이런 얘기를 들었는데 그러지 마라.' 라고
살짝 언질만 해 주시면 될 거 같습니다."

[그러니까 국세청 조사국장 허창환이라는 놈이 모 중소
기업을 상대로 납품 관련 거래에 압력을 행사하고 있다는
말이 내 귀에까지 들어왔다. 그러니 확인해 봐라?]

"그렇죠."

[알았어. 근데 오늘 뭐 해?]

"저야 뭐……."

[한잔할까?]

"뭐 맨날 한잔이에요? 청와대 비서실 정책실장님께서 앞으로 검사될 사람과 자주 만나고 그러면 입지만 좁아집니다."

[시끄러. 자주 만나기는 뭘 자주 만나.]

"담에 한잔하시죠. 언제 한번 제 여자 친구랑 집에 찾아가서 사모님께도 인사드리고 그럴게요."

[뭐야? 내 딸은 어떡하고?]

"에이. 제가 감히 가영이 짝이 될 수가 있나요? 가영이는 저보다 더 좋은 남자 만나야죠. 제가 다 생각하고 있는 녀석이 있습니다."

[시끄러. 앞으로 집에 올 생각 마!]

"하하하."

[웃기는. 알았어, 끊어. 언제 함 보자고.]

"네."

인수는 전화를 끊고 나서 죄송한 마음에 한숨을 내쉬었다.

◇ ◆ ◇

김철곤은 수하들의 보고를 받는 내내 석연찮은 마음을

떨쳐 낼 수가 없었다.

아들을 다시 포상휴가 보내 준다고 했다는데, 어째 말하는 놈들의 얼굴과 쩔쩔매는 태도를 보면 뭔가 이상했다.

"알았어. 수고했어. 니들은 나가 봐. 윤 실장 들어오라 그래."

"지금…… 그게……."

"이 새끼들이? 윤 실장 들어오라고 하라니까."

"알겠습니다."

밖으로 나간 두 녀석은 재빨리 윤 실장에게 전화를 걸었다.

"형님, 어디세요?"

[주차장이야.]

"빨리 오세요. 조금 안 좋아요."

[왜? 포상휴가 말 안 했어?]

"말씀드렸는데요…… 형님 대신에 저희가 보고를 드려서 그런 건지……."

[알았어.]

윤 실장은 치과 치료를 받고 오는 중이었다.

서울로 돌아오는 길에 함께 치과에 들렀는데, 사장님이 찾으니 일단 동생 둘을 먼저 보낸 것이었다.

하지만 그것이 화근이었다.

윤 실장은 복도의 화장실로 먼저 들어가 거울을 보았다.

급하게 의치를 해서 넣기는 했지만, 주둥이가 퉁퉁 부어 있고 새파랗게 피멍이 들어 있었다.

이미 엎질러진 물이었다.

마스크를 착용해 보았지만 이건 아니었다.

이실직고하는 수밖에.

마스크를 벗은 윤 실장은 급히 옷매무새를 정리하고는 안으로 들어갔다.

"너 뭐야?"

김철곤은 윤 실장의 얼굴을 빤히 들여다보았다.

윤 실장은 선뜻 대답하지 못했다.

"너 맞았어?"

여전히 대답할 수가 없었다.

"너 진짜 맞았어?"

"죄송합니다."

"그러면 그놈은?"

"네?"

"윤 실장이 그 정도면 그놈은 어디 병원으로 실려 갔냐고. 아니, 일을 그렇게 키우면 어떡하나?"

우물쭈물하던 윤 실장은 기회다 싶었다.

"형님, 앞으로 문제는 제 선에서 책임지고 깔끔하게 정리하겠습니다. 일단 대답은 듣고 왔으니까요. 곧 형태는 포상휴가 나올 겁니다."

"그래, 알았다. 수고했다."

"네."

윤 실장은 뒤돌아선 순간, 안도의 한숨을 내뱉었다.

고슴도치도 제 새끼는 예뻐한다고.

김철곤은 아들에게 당장 이 기쁜 소식을 전해 주고 싶었지만 통화가 불가능했다.

관심사병으로 분류되어 영창 처분을 받고 보충대 대기라는 답변만 돌아왔다.

하지만 김철곤은 수소문 끝에 보충대 장교의 도움으로 아들과 통화를 하게 되었다.

"아들. 이 아빠가 누구냐. 그래. 아빠가 다 해결했으니까 걱정 말고 기다려. 어, 당연하지! 포상휴가 나올 거야. 그래. 응. 조금만 기다려. 그러자. 휴가 나오면 아빠가 용돈 많이 줄게. 그래, 조금만 참아."

하지만 돌아온 결과는 영창 15일에 관심사병 등록이었다.

"이게 어떻게 된 거야?"

거기에 민도텍과 하이텍도 제경패키지와 관계를 끊지 않겠다는 답변이 돌아왔다.

뚜껑이 열린 김철곤이 윤 실장을 상대로 다시 알아보니, 기가 막힐 노릇이었다.

뒤늦게 사실을 알게 된 김철곤은 시계를 풀었다.

윤 실장과 수하 두 놈을 사무실에 엎드리게 한 뒤 야구방망이로 죽도록 두들겨 팼다.

"이놈들이 싸잡아 나를 능멸해?"

김철곤은 분노를 참지 못하고 모든 라인을 동원해 군관 계자들 섭외에 들어갔다.

하지만 단기 군법무관은 어차피 복무기간만 채우면 나갈 사람이기 때문에 사건을 은폐하거나 조작한다고 해서 불이익을 받는 것도 없고 이익을 얻은 것도 없단다.

그래서 그저 소신껏 일을 처리하는 것이 가능하다고.

거기에 설상가상으로 대령급 이상의 법무관이 아닌 같은 단기 군법무관으로 중위급에 해당하는 장교들이 재판관으로 앉는 심판관 제도가 존재한다고.

그러니 육군본부 차원이나 국방부 감사실의 압력이 아닌 이상 결과를 뒤집기는 불가능하다고.

"박인수…… 그래 끝까지 가 보자. 날 건드린 이상 네놈은 끝이야."

김철곤은 전화를 돌리고 돌린 끝에 국방부 감사실과 연결이 되었다.

직무감찰과장 이청준을 소개받은 것이다.

◇ ◆ ◇

윤 실장은 자신의 휴대폰이 울리자, 번호를 확인하고는 화들짝 놀랐다.

얼굴이 노래지다 못해, 새하얗게 떠 버렸다.

그 법무장교가 지금 전화를 걸어온 것이었다.

벨소리가 울릴 때마다, 따라서 심장이 벌렁거렸다.

'지금 전화를 안 받으면 너 죽는다?' 라고 말하고 있는 것만 같았다.

윤 실장은 떨리는 손으로 통화 버튼을 눌렀다.

"여보세요……."

[윤 실장? 나 박인순데.]

"네! 법무장교님! 안녕하십니까!"

윤 실장의 몸이 저절로 군기가 바짝 들어 부동자세로 변했다.

"물론입니다! 제가 똑똑히 들었습니다. 법무부 직무감찰 과장 이청준. 약속 장소요? 사청각 저녁 7시입니다!"

[그래, 수고.]

"네! 수고하십쇼!"

고급요정 사청각.

김철곤은 이청준이 들어오자 자리에서 벌떡 일어섰다.

그리고는 이청준이 자리에 앉기도 전에 인사를 올렸다.

"안녕하십니까? 김철곤이라 합니다."

언제든, 원하기만 한다면 개가 되어 혀로 발바닥까지 닦을 수 있다는 듯 넙죽 엎드려 절을 올렸다.

바닥에 깔려 있던 김철곤의 진지한 눈빛은 이제 이청준을 올려다보았다.

그동안 숱한 로비를 통해, 눈빛만 보아도 상대를 파악하는 것이 가능했다.

"편히 앉으세요."

"네."

김철곤은 다시 자리로 돌아가 앉아 준비해 둔 쇼핑백에서 상자를 꺼냈다.

그때였다.

옆방에서 손님들의 한바탕 웃는 소리가 심하다 싶을 정도로 크게 들려왔다.

오랜만에 동창들이 만나서 회포를 풀고 있는 것이라 여겼다.

분위기가 깨지자, 김철곤이 머뭇거리다가 다시 쇼핑백의 상자를 꺼내 들었다.

"과장님, 이거 변변치 않지만……."

바로 그때였다.

문이 확 열리며 한 여자가 들어왔는데, 술에 잔뜩 취한 상태였다.

"어? 내 친구들 다 어디 갔지?"

여자는 제대로 서 있지도 못해 비틀거리다가 이청준을

덮치며 넘어졌다.

"어허! 이봐, 아가씨! 지금 뭐 하자는 거야?"

이청준이 화들짝 놀라 여자를 어찌하지도 못해 두 손만 바동거렸다.

"헤헤…… 아찌……. 내 친구들 봤쪄요? 금방까지 여기 이쪘는데?"

술에 만취한 여자는 서유정이었다.

"어이, 아가씨. 번지수를 잘못 찾았수다."

"어? 그래요?"

유정이 이청준의 품에서 몸을 일으키는 순간, 탁자 밑으로 유정의 전화기가 슥 들어갔다. 동영상이 켜진 상태였다.

유정이 들어오며 상자가 건네지는 순간부터 촬영에 들어갔다.

이제는 탁자 밑에서 두 사람의 음성을 고스란히 담을 것이다.

"미안해, 아찌들."

유정이 비틀거리며 일어나 밖으로 나갔다.

"쯧쯧쯧."

"요즘 젊은 것들이란."

"술집 계집인 것 같은데 인생이 불쌍하네요."

"뭐 어쩌겠습니까."

"아 참, 과장님…… 이거 받으십시오."

김철곤이 탁자 위에서 상자를 열었다.

금빛이 번쩍이는 스위스 시계가 한 쌍으로 이청준의 눈을 자극했다.

"아휴, 이거 고급시계를."

이청준은 한 손으로 상자를 받아들었다.

직접 차보지는 않고 상자의 뚜껑을 닫아 쇼핑백에 넣어 옆에 내려 두었다.

김철곤의 입가에 비열한 미소가 번졌다가 사라졌다.

"제 억울함을 말씀드려도 되겠습니까?"

"네. 천천히 말씀해 보세요."

"먼저 한 잔 받으십쇼!"

김철곤이 두 손으로 술을 따랐다.

이청준은 한 손으로 잔을 받았다.

"하나밖에 없는 아들입니다. 세상천지에 그렇게 착하고 순한 녀석은 없을 것입니다. 이런 아들이 관심사병이라니요. 투철한 군인정신으로 GOP 근무 중에 식별이 불가능한 물체를 발견하고는 절차에 따른 조치를 취했을 뿐입니다. 그 점을 인정받아 포상과 휴가를 받았습니다."

"흠. 그런데요?"

"그런데 하루아침에 관심사병이 되었고 영창 신세가 되었습니다."

"왜죠?"

"군법무관의 횡포라고 들었습니다. 더 자세한 건 제가 알고 싶어도 알아낼 수가 없습니다. 과장님! 제 자식 좀 살려주십시오! 지금 얼마나 마음의 상처를 받고 힘든 시간을 보내고 있겠습니까? 보충대로 어렵게 통화가 되었는데 죽고 싶다는 말을 듣는 순간 제 가슴이……."

김철곤은 당장이라도 숨이 끊어질 것처럼 말을 잇지 못했다.

이청준은 고개를 설레설레 저었다.

"지금 판결이 난 거죠?"

"그렇습니다!"

"흠. 알겠습니다. 제가 한번 알아보죠. 힘들겠지만, 제가 분명 바로잡아야 할 일입니다. 속이 참 많이 상하셨겠습니다. 투철한 군인정신을 가진 아드님이 하루아침에 관심사병으로 전락해 영창에 있다니요. 이건 아드님의 문제만이 아니라 전체적인 군기 문제도 있으니까, 곧 좋은 소식 알려드리겠습니다."

"감사합니다."

김철곤이 다시 일어서서 넙죽 엎드려 절을 하려고 하자, 이청준이 손으로 말렸다.

"잠시 통화 좀……."

이청준은 곧바로 사무관에게 전화를 걸었다.

"내일 아침에 내가 바로 볼 수 있게 사건 파일을 하나 찾아 준비해 둬. 파일 번호는 모르고 16보병사단 15연대……."

"2대대입니다. 2대대 5중대."

"어. 2대대 5중대 김형태 이병. 그래."

이청준은 전화를 끊었다.

"자식 걱정하는 아비 마음이야 다 똑같은 거 아니겠습니까? 이제 그만 마음 놓으시고 좀 드세요."

"아이고, 감사합니다. 제가 이 은혜 죽어도 잊지 않겠습니다."

김철곤이 자신의 잔을 마셔 비우고는 슥 닦은 뒤, 이청준에게 건넸다.

이청준은 흔쾌히 그 잔을 받았다.

그때 다리 옆의 쇼핑백으로 이청준의 시선이 저절로 돌아갔다.

김철곤의 입가에 비열한 미소가 또 번졌다.

식사가 끝나고, 계산대에서 김철곤이 계산을 하고 있는 그때였다.

"손님. 전화기 두고 가셨어요."

종업원이 전화기를 들고 나왔는데, 두 사람 다 자신의 것이 아니어서 고개를 갸우뚱거렸다.

"내 전화기는 여기 있는데…… 과장님 전화기 아닙니까?"

"아닌데요?"

"그럼 누구 거지?"

"두 분 전화기 아니세요? 방에 있었는데요?"

종업원도 이상하다며 고개를 갸우뚱거리는 그때였다.

"어…… 내 전화기 여기 있었네?"

술에 취해 방을 잘못 찾아 들어왔었던 여자가 비틀거리며 또 나타나 전화기를 가져갔다.

"감사합니다."

여자는 비틀거리며 여전히 시끄러운 방으로 들어갔다.

"요즘 젊은 것들이란…… 쯧쯧쯧."

이청준이 혀를 찼다.

그때 안에서는 유정이 인수에게 녹음 파일을 전해 주고 있었다.

안에 모인 사람들은 윤철과 지석, 그리고 경석과 석태로, 인수는 오랜만에 친구들을 만나 회포를 푸는 시간이었다.

"이걸로 될까?"

"타이밍 한번 기가 막히네."

유정과 윤철이 인수를 중심으로 옆에 바짝 붙어서 영상과 소리를 확인하며 물었다.

"충분해."

인수가 씩 웃으며 잔을 들었다.

"건배해야지."

"너희 셋. 또 무슨 일 꾸미고 있는 거야?"

얼굴이 발갛게 달아오른 지석이 물었다.

지석을 비롯한 친구들은 이미 취해 인사불성이었다.

"너 여자 소개시켜 주려고 그런다."

"진짜? 누구? 사진 있어? 나도 봐."

지석이 술이 확 깨서 달려들었다.

인수가 사진을 보여 주었다.

"우와!"

모두 다 사진을 보고는 감탄사를 내뱉었다.

"누구야? 엄청 예쁘다!"

"말 좀 해 봐. 누구냐고! 어떻게 아는 사이냐고!"

"와. 지석이 땡 잡았다."

"그만 봐. 닳아져."

인수가 전화기를 빼앗아 화면을 껐다.

"에이, 뭐야. 빨리 말 안 해?"

"이름은 변가영. 나이는 스물둘. 청와대 정책실장 변영하 교수님의 외동따님. 지석이랑 참 잘 어울릴 것 같아."

인수가 잔을 들었다.

그러자 모두의 얼굴이 사색이 되었다.

특히 지석이는 두 눈만 깜박거렸다.

"지금 저 븅신한테 대통령 오른팔의 외동딸을 소개시켜 준다는 거야?"

트리니티 레볼루션
Trinity
Revolution 4

"응. 뭐 문제 있어?"

모두 다 꿀 먹은 벙어리가 되었다.

"자, 지석이의 새로운 만남을 위하여! 건배!"

인수가 잔을 들어 올리고는 건배를 외치자, 모두 마지못해 잔을 들어 부딪쳤다.

건배!

◇ ◆ ◇

다음 날.

파일을 받아 본 이청준은 난감했다.

말 그대로 완벽했기 때문이었다.

이건 누가 보아도 김 이병은 관심사병이 맞았다.

전 소대원이 증인이었고, 조작의 증거는 찾아볼 수가 없었다.

육성 녹음과 찾아낸 탄환까지, 증거가 완벽했다.

그리고 김 이병의 목소리. 그 섬뜩한 목소리.

[킥킥, 진짜 기회만 되면 저 새끼들도 다 똑같이 쏴 죽여버리고 싶습니다. 근데 그럴 수가 있나. 또 모르죠, 빡 돌면. 와, 그때 생각만 하면…… 그 쾌감 진짜 엄청나더라고요.]

재조사를 할 엄두조차 나지가 않았다.

폭행으로 인한 사망과도 같은 사건을 사단내부에서 은폐했거나 축소시켰으면 허점이 딱 보였다.

조작한 흔적도 훤히 보였다.

사단장부터 시작해 연대장과 대대장, 그리고 인사참모에 사단소속 헌병대장까지 징계위원회를 때리겠다고 으름장을 놓으면 곧바로 재조사가 이루어지고 묻혔던 사건의 진실은 수면 위로 드러나기 십상이었다.

하지만 이것은 조사를 하면 할수록 반대였다.

진실을 묻고, 거짓을 수면 위로 드러내야 하는 것이었다.

거기에 전 소대원들이 하나같이 법무관에게 고맙다는 뜻을 전한 편지까지도 복사되어 한 자료로 묶여 있었다.

건드릴 것이 따로 있다.

이청준은 시계를 다시 돌려주어야겠다고 생각했다.

하지만 점심식사를 마치고 사내식당을 빠져나오는데, 휴대폰이 울려서 받았다.

"아이고, 대장님. 어쩐 일이십니까? 식사는 하셨습니까?"

전화를 걸어온 사람은 국방부 근무지원단 헌병대 대장이었다.

[이 과장님! 지금 식사가 문제가 아닙니다!]

"무슨 말씀이세요?"

[지금 정문에 검찰이 와서 우리 애들이랑 실랑이 중인데 도대체 무슨 일이 있는 겁니까?]

"네?"

[검찰들이 압수수색영장을 들고 왔다고요! 애들이 확인했는데 처분을 받는 자가 과장님이랍니다!]

"무슨……."

이청준은 말문이 탁 막혔다.

[일단 들여보내지 말라고는 했는데…….]

"제가 가 보겠습니다."

이청준은 곧바로 전화를 끊고는 정문으로 향했다.

그때 또 전화기가 울렸다. 이번에는 원스타인 근무지원단장이었다.

근무지원단장도 보고를 받고는 일단 막고 있으라고 지시했다며 불같이 화를 냈다.

어이가 없는 것이었다.

[아니, 군검찰부도 아니고 대검도 아니고 중앙지검에서 어떻게 국방부를 상대로 영장을 들고 올 수가 있단 말입니까? 나   원 이거 창피해서 진짜. 이 과장님!   도대체 무슨 짓을 하고 다니는 겁니까?]

"지금 확인하러 가고 있습니다."

이청준의 발걸음이 빨라졌다.

검찰은 법무부를, 군대는 국방부를 장악하고 있다.

대한민국 검찰이 국방부를 상대로 압수수색을 벌인다는 것은 그야말로 초유의 사태였다.

정문으로 향하던 이청준은 머리가 번쩍하며 김형태 이병과 관련된 파일이 생각나 다시 자신의 사무실로 돌아가야만 했다.

"내가 뭘 그리 잘못했다고 이러는 거야?"

스스로도 어처구니가 없었다.

감사관 건물 앞에 도착했을 때였다.

경광등을 천장에 올린 검정색 차량 한 대가 바로 코앞에서 멈추는 것이 아닌가?

문이 열리는 순간, 검찰 관계자들이 우르르 내렸다.

압수수색 박스를 들고서!

"이청준 과장님?"

"뭡니까?"

"서울중앙지검 공안2부에서 나왔습니다. 압수수색영장입니다."

검찰이 영장을 보여 주며 말했다.

그 영장을 확인한 이청준은 할 말을 잃고 말았다.

확실했다.

법원에서 이미 압수수색영장이 발부된 것이다.

"……"

"뭐 해? 압수 시작해!"

이청준은 멍한 표정으로 제자리에 서 있을 수밖에 없었다.

대한민국 역사상 처음 있는 일이었다.

국방부 감사관실이 검찰에 털리는 초유의 사태가 발생한 것이다.

정신이 혼미해 쓰러질 것만 같은 이청준은 시계가 생각나 곧장 집에 있는 아내에게 전화를 걸었다.

하지만 이미 늦었다.

[여보! 도대체 무슨 일이에요? 검사들이 애들 방이고 주방이고 안방이고 화장실이고 다 털어 갔어요! 아주 다 탈탈 털어 갔다고요!]

검찰은 동시에 이청준의 집도 압수수색한 것이었다.

이청준은 그대로 털썩 주저앉고 말았다.

고급 스위스 시계 한 쌍이 그 증거물로 나왔다.

그렇게 이청준과 김철곤은 검찰에 소환되었다.

이청준은 김철곤으로부터 뇌물을 받은 건 맞지만, 사건을 뒤집을 계획은 추호도 없었다고 자백했다.

"억울합니다. 정말 억울합니다. 전 그냥 사건을 다시 살펴본 것뿐입니다."

김철곤도 자백을 했고, 뇌물사주혐의로 입건되었다.

김철곤이 아빠 회사를 상대로 장난을 치는 것부터 시작해 자신의 모든 인맥을 동원해 국방부 감사관 이청준과 손을 잡았을 때 인수도 자신의 라인을 타고 올라가 뒤통수를 칠 준비를 한 것이었다.

"감히 내 가족을 건드려?"

사법연수원 동기들부터 시작해, 군검찰부에서 활동 중인 후배들과 장기 군법무관으로 전향한 동기들, 그리고 대학 교수진과 검사시보 시절의 최훈 지도검사의 인맥을 타고 올라가 법무부와 법원까지 연결이 되었고, 대검에서 사건을 맡아 압수수색영장이 발부된 순간 정보가 누설되어 국방부 법무담당관에게 전해졌다.

하지만 압수수색영장에 관한 정보를 누설해 사전 통보를 해 준 자도, 그 정보를 알아낸 자도 일이 커지면 처벌대상일 뿐이기에 서로 곤란해하며 쉬쉬할 수밖에 없었다.

하지만 소문은 급속도로 퍼졌다.

법무부와 국방부의 보이지 않는 힘겨루기가 시작되었다.

비공식적인 영장의 불승인처분취소를 두고 비밀리에 전화가 오간 것이었다.

결국에는 검찰총장의 지시로 대검은 사건에서 손을 놓았고, 서울중앙지검 공안2부에서 사건을 넘겨받았다.

검찰총장이 비공식적으로 박재영에게 넘긴 것이었다.

가라앉지 않는 잠수함 방산비리 1조 2,700억 원 규모.

총알을 막지 못하는 방탄복 방산비리 2,700억 원.

총알 안 나가는 K-11소총 방산비리 4,500억 원.

고속주행 못 하는 고속함 방산비리 1조 8,000억 원.

박재영이 방산비리 관련 근절을 위한 정확한 대책과 전

수조사에 대한 보고서를 국방부 장관에게 보냈다.

연대책임을 위해 대통령 이하 각 장관들과 차관, 그리고 방사청장에게 이 보고서를 돌리겠다는 뜻을 함께 전했다.

"젠장!"

국방부 장관은 두 손을 들고 항복할 수밖에 없었다.

그렇게 영장이 떨어졌고, 국방부 감사관실이 초토화된 것이었다.

그리고 김 이병은 제 성질을 이기지 못한 끝에 탈영해 버렸다.

비무장으로 군대 트럭을 몰고 자유로를 질주한 끝에 시내버스를 들이박고는 멈추었다.

다행히도 시내버스는 종점에서 대기 중인 상태였기에 인명피해는 없었다.

우수사병에서 관심사병으로 전락한 김 이병은 이제 탈영병으로 징역 1년 6개월에 집행유예 2년이 선고되었다.

트리니티 레볼루션
Trinity
Revolution

제35장. 인사발령의 과정

인수는 지석과 만나기로 한 커피전문점의 문을 열고 들어갔다.

구석에 앉아 있는 지석을 발견하고는 그쪽으로 가려는데, 반대쪽에서 익숙한 얼굴들을 발견했다.

윤철과 석태, 그리고 경석이었다.

"저 자식들이."

인수가 눈을 부라리며 다가가자, 윤철을 비롯한 친구들이 재빨리 고개를 돌려 인수의 눈을 피했다.

"뭐야 니들? 어떻게 알았어? 윤철이 너 자꾸 남의 사생활 캐고 이럴 거야?"

"어, 아냐. 지석이가 말해 줬어. 오늘 여기서 만난다고."

"그래? 아, 저 순둥이."

인수가 돌아서서 지석에게로 향했다.

윤철이 그런 인수의 뒤통수를 보며 씩 웃었다.

한데, 돌아서서 가던 인수가 발걸음을 멈추고는 홱 뒤돌아섰다.

그러자 윤철이와 친구들은 기겁해서 다시 딴청을 부렸다.

"내가 그 말을 믿을 것 같으냐?"

"흭……."

윤철은 심장이 덜컹하며 내려앉는 것만 같았다.

인수의 얼굴은 마치 악마처럼 섬뜩한 미소를 머금고 있었다.

인수가 윤철을 덮쳤다.

귀를 붙잡아 양쪽으로 찢고, 머리카락을 마구 잡아 뜯었다.

"크헥! 잘못했어!"

"너도 이리 와."

인수의 손가락이 석태를 가리키며 까딱거렸다.

"아냐! 나는 잘못 없어! 난 윤철이가 나오라고 해서 나왔을 뿐이야!"

"나도!"

"어…… 알아보라며?"

머리카락이 헝클어진 윤철이 세상에 믿을 놈 한 놈도 없다는 말이 진정 맞는 말인가 하는 표정을 지었다.

"조용. 오늘 세 사람 조용히 커피만 마시다가 집에 가는 거다. 알았어?"

"알았어, 인수야. 우린 그냥 이렇게 반대편에서 우리의 지석 군이 행복해하는 모습을 조용히 보기만 할게."

"말귀 못 알아듣네. 그냥 이쪽을 쳐다보지도 말라고."

"암만."

석태가 재빨리 대답했다.

"어……."

경석이 머뭇거리는 윤철의 옆구리를 찌르며 대답했다.

"알았어, 인수야."

"내가 두고 볼 거야. 도와주지는 못할망정, 방해는 마라."

이미 윤철에 의해 변가영의 신상이 이 녀석들에게 털렸다.

꽤 예쁘다는 것을 알고는 부러운 마음으로 어떻게든 이 만남에 끼고 싶어 하는 마음이야 모르진 않지만, 짓궂은 장난은 사절이었다.

행여나 좋은 만남이 녀석들의 장난으로 방해될까 염려된 인수가 으름장을 놓고는 지석에게로 향했다.

윤철은 아직까지도 "어……." 하며 '난 아직 대답 안 했는데?' 라는 표정으로 입을 벌리고 있는 중이었다.

인수가 지석의 어깨를 툭 치며 자리에 앉고 난 뒤, 걸려
온 전화를 받았다.

순간 석태가 생중계를 하듯 말했다.

"변 씨 전화야."

윤철과 경석이 고개를 끄덕였다.

잠시 뒤, 엄청나게 예쁜 여자가 문을 열고 들어왔다.

"변 씨?"

"우와."

"어…… 아닌데."

변가영이 아니었다.

잠시 뒤, 꾸밈없이 수수해 보이는 청초한 얼굴의 한 여대
생이 문을 열고 들어왔다.

"변 씨다."

"맞아? 변 씨 확실해?"

"어 맞아. 이번엔 변 씨 확실해."

"와…… 아기다. 순수 그 자체다."

"지석이 저 녀석 입도 뻥긋 못 하는 거 아냐?"

"어 그래서 우리가 도와줘야 하는데."

여대생은 변가영이 맞았다.

"오빠!"

인수를 발견한 변가영이 얼굴에 환한 웃음을 지으며 손
을 흔들었다.

치명적이었다.

꾸미지 않았는데 환했다.

속세의 때라고는 한 점도 찾아볼 수 없을 만큼 투명하고 맑은 여대생이었다.

"크흑!"

"와……"

"지석이 부럽다."

그렇게 세 사람은 반대편 지석의 뒤통수를 부러운 눈으로 바라보았다.

"근데 저 녀석 어쩨 오늘은 말을 잘한다?"

"어, 그러게? 뭔 일이지?"

"흠. 뭔가 잘될 거 같은 이 기분은 뭘까?"

순간, 인수가 이쪽을 쳐다봐 눈이 마주쳤다.

"힉!"

"고개 숙이자."

"어……"

세 사람은 동시에 전화기를 쳐다보는 척했다.

그러다가 경계가 풀리면 또 지석의 뒤통수와 함께 변가영의 수수한 얼굴을 바라보며 소곤거렸다.

그렇게 잠시 뒤, 인수와 지석 그리고 변가영이 자리를 옮기려는지 일어섰다.

"우리도 일어서자."

윤철과 석태 그리고 경석 세 사람도 일어서서 문으로 향했다.

지석이 문 앞에서 윤철이를 보았다.

"어?"

"어어?"

윤철도 기회는 이때다 싶어 재빨리 다리를 걸치려고 지석에게 아는 체를 했다.

하지만 인수의 무서운 눈을 보고는 바로 꼬랑지를 내렸다.

"어…… 화장실이…… 저기 있군."

손가락의 방향이 바뀌었다.

윤철이 화장실로 도망치자, 석태와 경석도 조용히 뒤를 따라 화장실로 향할 뿐이었다.

다음 날, 지석에게 전화가 걸려왔다.

술에 취한 목소리였다.

[인수야…… 나 괴롭다.]

"왜? 잘 안 돼? 가영이 착한 녀석이라 시간을 두고 천천히 만나 보라고 했잖아. 급하게 생각하지 마."

[내가 왜 이렇게 작아 보일까?]

"왜 이래? 가영이는 절대로 그렇게 생각 안 할걸?"

[아니. 그냥. 내가 정말 부족한 거 같아서.]

"그런 생각하지 마. 네가 어때서?"

[후!]

"일단 교회를 열심히 다녀."

[그런다고 뭐가 바뀔까?]

"너 맘에 쏙 들었구나?"

[응.]

"그럴수록 돌아가. 내가 아는 가영이는 사람의 장점만 보는 녀석이야. 충분히 잘될 수 있어."

[그래……]

"힘내!"

[알았다.]

지석이 전화를 끊었다.

하지만 가슴 속에 담고 있었던 말은 차마 하지 못했다.

가영이 말했었다.

"사실…… 인수 오빠 보고 싶어서 나왔어요. 죄송해요."

◇　◆　◇

청와대 민정수석실.

인터폰을 통해 여직원의 목소리가 들려왔다.

[수석님, 박재영 차장 도착했습니다.]

"들여보내."

박재영이 여직원과 함께 안으로 들어오며 민정수석에게 인사를 했다.

"안녕하십니까?"

"그래, 어서 와. 거기 앉아."

"네."

박재영은 중앙 소파에 앉기 전에 자신의 전화기를 꺼내 보란 듯이 전원을 끄고는 탁자 위에 올렸다.

민정수석 안재근이 그 전화기를 내려다보더니, 문 앞에서 대기 중인 여직원에게 말했다.

"차는 됐고, 따로 지시가 있을 때까지 누구도 들여보내지 마."

"네, 알겠습니다."

문이 닫혔다.

안재근이 자리에서 일어나 탁자를 돌아 나와 중앙 소파에 앉았다.

"앉아. 왜 그러고 서 있어?"

"네."

박재영도 소파에 앉았다.

"김 총장은 어때? 여전해?"

"네. 막기 어려울 것 같습니다."

서울중앙지검 공안2부장 박재영의 보고를 들은 민정수석 안재근의 표정이 심각해졌다.

"이해할 수가 없네. 국방부 감사관실 털 때는 슬쩍 손 빼고 자네한테 넘겼던 인간이 지금은 왜 스스로 피곤한 길을 가려는 거지?"

"대통령에게 성의표시라고 생각합니다."

"나도 그 맘을 모르는 건 아닌데, 꼭 그래야만 하냐는 것이지."

낮은 자세로 머리를 숙이고 있던 박재영이 고개를 들어 달력을 보자, 안재근도 달력을 보았다.

"김 총장 임기가…… 며칠 남지도 않았네?"

"그전에 먼저 사임하겠지요."

"아 그러면 그냥 조용히 떠날 것이지, 왜 이제 와서 청수원 사건을 다시 건드리는 거냐고. 혹시 대통령께서 직접 지시하셨을까?"

"거기까진 확인하지 못했습니다. 민감한 사항이라……."

"그렇지. 아주 민감한 일이지."

"하지만 수석님. 흉내만 내든 파헤치든, 유력한 내정자라는 사실은 변하지 않습니다."

말을 하던 박재영의 두 눈이 책상 위, 청와대 민정수석이라 새겨진 명패로 옮겨 갔다.

그러자 안재근도 명패에 새겨진 자신의 이름을 보았다.

〈민정수석 안재근〉

"하긴 이제 나도 넘겨줄 때가 됐지."

"수석님, 김 총장과 식사 자리 알아볼까요?"

"그래야 되나?"

"네."

청수원 사건은 아산 인근에 위치한 청수원에서 자급자족과 홈스쿨링을 중심으로 살아가던 사람들이 원인을 알 수 없는 화재 사건으로 집단 사망한 사건으로, 전직 대통령의 딸이 연루되었다고 의심을 받고 있었다.

"김 총장은 어디까지 생각하고 있을까?"

"전 흉내만 내는 것이라 생각합니다."

박재영이 말에 안재근의 두 눈이 가늘어졌다.

청와대의 주인도 바뀌었고, 집권당도 바뀌었다.

거대 야당이었던 새정의당이 이제는 거대 여당이 된 상황이었다.

임기가 끝나 가는 검찰총장이 이제 임기 2년 차에 접어든 대통령의 라인이고 유력한 차기 민정수석 내정자이다.

옆에서 충언을 해도 대통령의 의지는 변함이 없었다.

현직 검사는 청와대 비서관이 될 수가 없다면, 먼저 사임을 하고 비서관이 되면 되지 않느냐고 고집을 부렸다.

어쨌든 중요한 것은, 자신은 둘 중의 하나로 이 자리를 떠나야 한다.

법무부 장관으로 올라가든지, 아니면 좌천되든지.

그리고 또 하나.

트리니티 레볼루션
Trinity
Revolution 4

차기 검찰총장도 이미 내정자가 확정되었다.

서울중앙지검장 한웅식.

다른 인사는 몰라도, 한웅식의 검찰총장 내정에 관해서만큼은 여야가 청문회를 앞두고 신경전을 벌이고 있는 상황이었다.

"그나저나 한 지검장에 대한 정보는 누가 흘려 준 거야?"

청문회를 준비하는 야당의 의원들이 한웅식 지검장에 대한 모든 정보를 손에 쥐고 있다는 소문이 검찰 내부에 쫙 퍼진 상태였다.

박재영의 입가에 미소가 머금어졌다.

검찰의 권력서열.

한 번 특수통은 영원한 특수통, 한 번 공안통도 영원한 공안통.

특히 특수도 아니고 공안도 아닌 형사부와 공판부의 검사들은 평생 땅개라는 이름으로 밑바닥만 맴돌았다.

그들의 줄은 서로 쉽게 바뀌지 않기에, 그 누구도 자신의 앞날에 대해서는 한 치 앞도 내다보지 못했다.

단, 특수와 공안의 줄을 자유롭게 오가며 그것을 움직이는 자만 빼고.

2009년 8월 12일.

파격적인 인사가 단행되었다. 서울지방검찰청장이었던

한웅식이 맹비난이 쏟아졌던 국회 인사청문회를 거쳐 신임 검찰총장으로 임명되었다.

한웅식도 놀랄 정도로 야권의 공격은 엄청났다.

청수원 사건을 건드린 김종학 전 검찰총장도 여론의 뭇매를 맞았고 청문회에서도 맹비난이 터져 나왔지만 결국 민정수석이 되었다.

안재근은 법무부 장관으로 임명되었다.

그리고 박재영은 검찰 인사권을 쥐고 있는 법무부 검찰국장이라는 요직에 올랐다.

현 정권, 이규환 정권의 칼잡이가 된 것이다.

청수원 사건은 재수사에 들어갔고, 관련자들이 줄줄이 소환되며 수사는 급물살을 타기 시작했다.

정권이 바뀌자, 전직 대통령을 향한 조작수사에 보복수사 그리고 표적수사라는 기사가 터져 나오자 여론이 거세졌다.

이를 잠재우기 위한 현 정권의 방송국 점령과 언론통제가 시작되었다.

위의 세 사람이 앞장섰다.

방송국 이사장들과 사장을 비롯한 임원진이 교체되었다.

불통을 고집하는 현 정권을 비판하는 정치시사프로그램이 폐지되었고, PD들과 기자들은 해고되었다.

그것도 모자라 검찰의 수사를 받았고, 체포되었다.

언론의 자유를 찾고자 노동조합은 총파업에 들어갔다.

촛불은 더욱 더 거세졌다.

결국 인사청문회를 거칠 때부터 아들의 병역비리와 위장 전입, 부동산집중투기 문제로 그 자질을 의심받았던 한웅식은 청수원 사건을 부풀리기만 한 상태로 자진사퇴하게 되었다.

여론의 영향이 컸기 때문이었다.

결국에는 검찰이 현 정권을 위해 청수원 사건을 조작해 키우고, 해결할 방법이 없으니 같은 검찰의 뒤를 봐주는 사건조작에 전형적인 봐주기 수사라는 기사들이 억누르고 억눌러도 계속 터져 나왔다.

언론의 자유를 잃은 기자들과 PD들은 독립방송을 통해 정권에 대응해 나간 것이다.

검찰 역사 이래 최악의 위기라는 말이 나올 정도였다.

"사망자들이 사용했던 전화기, 가방, 화장품, 사무용기, 자동차 키, 자전거 손잡이, 심지어 화장실에서라도 DNA를 확인하면 전직 대통령의 딸이 청수원에 단순 방문을 했는지 아예 눌러 살았는지, 이런 것쯤이야 충분히 확인하고도 남는 거 아닙니까?"

"그렇습니다."

"그런데 지금 그걸 증명할 자료가 아무것도 없어요! 전직 대통령의 딸은 뭐 DNA가 없는 사람입니까? 도대체 뭘

근거로 청수원 집단 사망 사건에 전직 대통령의 딸이 깊숙이 연루되었다는 겁니까?"

"그건 화재로 전부 소실되었기 때문에……."

"여보세요, 총장님! 지금 전 국민이 지켜보고 있는데 계속 거짓말할 겁니까? 그게 말이 됩니까? 지금 검찰은 이들의 죽음이 자살인지, 타살인지도 알고 있습니다. 그런데 발표를 미루고 있어요. 맞죠?"

"아닙니다. 아직 밝혀내지 못했습니다."

"자꾸 거짓말하지 마세요!"

"거짓말이 아닙니다. 의원님도 잘 아시다시피 화재 현장에서 불에 타 버린 고가의 미술 작품이 나왔어요. 그렇기 때문에 여기에 관계된 사람이라면……."

"총장님! 전직 대통령의 딸은 청수원에 몇 번 방문한 겁니다. 사교육 전쟁에서 벗어나 자급자족과 홈스쿨링을 하는 청수원 사람들을 응원하려고요. 도대체 언제까지 그런 말도 안 되는 이유로 전직 대통령의 딸을 청수원 사건과 엮으려는 겁니까? 아니 이거 검찰 무서워서 어디 함부로 방문이나 하겠습니까?"

"단순 방문인지, 머물렀는지…… 그걸 확인하고 있는 중입니다."

"총장님!"

국정감사에서 전직 대통령의 딸을 보호하기 위한 야당

의원들의 맹공격이 이루어졌다.

한웅식이 2달 만에 검찰총장 자리에서 부끄러운 사퇴를 하자, 그 파장은 일파만파로 번져 나갔다.

여야의 합의로 차기 검찰총장 임명에 관한 인사제도가 개선되며 대통령의 권한이 축소되었다.

법무부 장관 안재근.

이제 민정수석이자 전직 검찰총장이었던 김종학.

법무부 검찰국장 박재영.

법무부는 이 세 사람을 중심으로 공석인 차기 검찰총장 추천을 위한 후보추천위원회를 구성했다.

각 지방검찰청의 차관들인 지검장 4명이 후보에 올랐고, 인사 검증 권한을 가진 민정수석 김종학의 막강한 파워로 새로운 검찰총장이 내정되었다.

법무부 장관 안재근은 위원회가 압축한 차기 검찰총장을 대통령에게 임명 제청했다.

검찰총장 임명 동의안이 국회에 제출되었고, 인사청문회가 열렸다.

2009년 11월 대한민국 검찰은 새로운 총장을 맞이했는데, 서초구 대검찰청에서 열린 임명식에서 신임 검찰총장 이익환의 인사말은 이러했다.

"종북 좌익 세력과의 전쟁을 선포한다."

여전히 소통이 아닌 불통을 고집하는 이규환 정권을 위해 박재영은 극보수인 이익환을 검찰총장으로 내세운 것이었다.

임명식에 참석한 인수는 어이없어 하며 박수를 쳐 줄 뿐이었다.

결국 이익환 검찰총장도 한웅식처럼 2달 만에 사퇴했다.

촛불의 힘은 꺼지지 않고 더욱 더 거세게 타올랐기 때문이었다.

그렇게 계절이 바뀌고 해가 바뀌는 것처럼, 검찰의 권력은 바뀌고 또 바뀌어 나갔다.

인수가 신임 검사로 임용되었을 때에는 박재영이 대검찰청 공안부장이 되어 인수와 악수를 나누었다.

인수는 법무관으로 활동하는 동안 여론과 국회의 힘에 의한 검찰 내부의 권력 변화를 묵묵히 지켜보았다.

그러는 와중에도 2012년 총선 후보자들 중에서 절대로 국회의원이 되어서는 안 될 인간들의 명단을 추려 내는 중이었다.

동시에 신임 검사로 임용되면 이루어질 인사발령도 준비해 나갔다.

검사시보로 해결했던 사건들과 법무관으로 사건을 해결하며 자신이 도움을 주었던 사람들로부터 열렬한 환호와 감사를 입증하는 각종 편지와 선물들이 바로 그것이었다.

그리고 부대 내에서도 인수가 멋있다며 칭찬하는 각종

추천 글들이 법무부 자유게시판을 장식했다.

이 모든 자료들은 인수의 인사발령에 지대한 영향을 미쳤다.

◇　◆　◇

3년 뒤.

제17대 대통령인 이규환 정권의 마지막 해인 2012년 3월 5일 금요일.

박재영이 책상에 걸터앉아 자신의 명패를 쓰다듬으며 혼자 중얼거렸다.

〈대검찰청 중앙수사부장 박재영〉

"20년을 돌아 정년을 앞두고 겨우 제자리라니."

일방통행이 실패의 원인이었다.

하지만 패기 넘치던 젊은 시절의 실패가 없었다면, 지금처럼 넓은 인맥도 구축하지 못한 채 더 지독한 나락으로 떨어져 두 번 다시는 오르지 못했을지도 모를 일이었다.

이런 상념에 잠겨 있는 그때 인터폰이 울렸다.

[총장님께서 찾으십니다.]

"알았어."

◇ ◆ ◇

검찰총장실.

대검찰청 차장 신일우와 법무부 검찰국장 박종기는 검찰총장 안희태의 호출을 받고 들어왔다.

"그래, 자리에 앉아."

신일우와 박종기는 인사를 한 뒤 굳은 표정으로 각자 양쪽 자리에 앉았다.

〈검찰총장 안희태〉

명패가 빛나는 검찰총장의 옆에 대검찰청 중앙수사부장 박재영이 오른팔처럼 딱 버티고 서 있기 때문이었다.

소문에 의하면 안희태 검찰총장과 대검 중수부장 박재영이 한 몸처럼 붙어 다닌다고 했겠다.

그 가운데 소파에 총장이 앉았고, 박재영이 옆에 섰다.

총장이 두 사람의 표정을 살폈다.

"안색이 다들 왜 이래?"

"어제 과음을 좀 했습니다."

"네, 저도."

"둘이 같이?"

"네."

"뭐야. 나만 빼고 맛있는 거 먹었다는 소리네?"

"아휴, 총장님 이제 인사도 있고……."

"그러니까 나한테 잘 보여야 하는 거 아니야?"

"아, 하하……."

"……맞습니다."

"하하하!"

총장이 농담이라는 듯 큰소리로 호탕하게 웃었다.

그러자 박재영도 입가에 미소를 머금었다.

"그래. 인사 문제 때문에 두 사람 불렀어."

"네."

"네."

"뭐 이리 싱거워? 짐작했다는 표정이네?"

"네, 어느 정도는……."

"두 사람 중에 한 명을 인사위원회 위원장으로 임명할 텐데 말이야. 장관님께서는 자네를 지목하셨어."

신일우가 두 눈을 번쩍 뜨고는 박종기를 보았다.

자신이 위원장이 될 줄 알았는데, 박종기에게 밀린 것이다.

어디 대검 차장을 제치고 법무부 검찰국장이 위원장이 된단 말인가.

"신 차관, 서운해?"

"아닙니다."

"서운하더라도 어쩔 수가 없어."

"전혀 그렇지 않습니다. 어차피 다 함께 결정하지 않습니까?"

"그래. 그럼 잘 처리하고……."

총장이 말을 하다가 말고 박재영에게 손짓했다.

그러자 박재영이 총장의 책상으로 돌아갔다.

총장의 옆으로 돌아온 박재영이 서류를 건넸다.

탁.

그러자 총장이 두 사람의 앞에 인사기록 서류 한 부를 내던졌다.

〈박인수〉

신일우와 박종기는 증명사진을 보았다.

"이 친구 말이야. 38기인데 서울중앙지검 범죄정보과로 발령 내. 거기도 검사 한 명 있어야지."

"누굽니까?"

신일우가 물었다.

총장님과 어떤 관계냐고 묻는 것이다.

"보면 몰라? 신임 검사."

"아니 그게……."

"아? 그 철책선 총기난사 사건으로 국방부 감사실을 초토화시킨 그 장본인이야. 뭐 더 이상 묻지 말고."

"아, 네."

신일우가 머리를 조아리는 그때, 박종기가 인사기록을 살펴보다가 두 눈이 동그래졌다.

이건 뭐 죄다 천재에 괴물이라고만 적혀 있는 것만 같았다.

"이건 뭐……."

"그래. 같은 인간이 뭐 이러나 싶지?"

"신은 정말 불공평하군요."

"너무 억울해하지 마. 이런 친구를 우리가 가르칠 수 있는 부분은 신념뿐이야."

"맞습니다."

"네."

총장의 말에 신일우와 박종기가 고개를 끄덕였다.

그리고 총장이 한 말은 두 사람이 도착하기 전에 박재영이 했던 말이었다.

"우리가 가르칠 수 있는 건 신념뿐입니다."

◇　◆　◇

과천정부청사 법무부 검찰국 검찰과 회의실.

타닥탁탁.

속기기록이 시작되었다.

"모두 자리에서 일어서 주십시오. 국기에 대한 경례."

검찰인사위원회 위원장 박종기의 말에 위원들이 가슴에 손을 얹었다.

"바로. 순국선열에 대한 묵념이 있겠습니다."

모두 고개를 숙인 채로 눈을 감았다.

"시간관계상 애국가 제창은 생략하겠습니다. 성원보고가 있겠습니다. 재적인원 18명 중 18명 참가. 인사회의를 진행해도 되겠습니까?"

"네."

남자들의 묵직한 대답소리가 나오자, 위원장이 망치를 탕! 탕! 탕! 내리치며 회의가 시작되었다.

"주요인사는 이렇게 하는 것으로 하고, 다음은 신임 검사 인사회의를 시작하겠습니다."

먼저 사법연수원 38기 법무관 전역자 25명에 대한 인사 발령이 결정되었다.

이미 인사기록 자료를 검토해 본 위원들이었지만, 또 한번 인수의 이름이 도마 위에 오르며 회의실이 떠들썩했다.

"기수마다 놀라운 녀석이 꼭 한 명씩 있긴 하지만, 이건 뭐 완전괴물이잖아? 감당이나 하겠어?"

"그러게요. 말도 더럽게 안 들을 것 같은데."

"한번 만나 보고 싶네."

인수를 향한 오해와 편견이 오고 가는 중에 위원장이 입을 열었다.

"뒤에 첨부된 추천 자료들을 잘 읽어 보시기 바랍니다."

회의장이 잠시 조용해졌다.

흠 하는 소리들이 이어졌다.

"박인수. 서울중앙지검 범죄정보과로 발령을 낼까 합니

다. 어떻게 생각하십니까?"

"네에?"

"제가 잘못 들었습니까?"

"위원장님, 다시 말씀해 주십쇼!"

모두가 웅성거리기 시작했다.

"박인수 검사를 서울중앙지검 범죄정보과에 배치하는 인사에 대해 위원 여러분들의 의견을 말씀해 달라고 했습니다."

"안 됩니다. 저는 반대입니다. 중앙지검 범정과에 검사가 배치되는 것도 검찰 역사에 처음 있는 일인데, 이제 1학년에 겨우 스물여섯 신임 검사를 중앙지검이라니요. 그것도 형사나 공판도 아니고 특수는 더더욱 안 됩니다. 그리고 이런 특별한 케이스는 저기 밑에서부터 밟고 올라오도록 하는 게 맞습니다."

"저는 찬성입니다. 인재는 거기에 맞는 대접을 받아야 한다고 생각합니다. 중앙지검 범정과에 첫 검사를 배치하는데 더군다나 이런 인물이라면 파격적인 인사이긴 하지만 검찰 균형을 위해서라도 시도해 볼 만하다고 판단됩니다."

"저도 찬성입니다."

"저는 반대입니다. 말도 안 됩니다."

"지금 장난해?"

누군가가 구시렁거렸다.

"반대 두 표요."

"반대 세 표입니다. 어차피 중앙지검 범정과는 수사과장부터가 대검에서 옮겨 간 대검 식구 아닙니까? 그 자리에 경력 있는 검사도 아니고 신임 검사가 배치되는데, 아무리 뛰어난 인재라 해도 바뀔 게 뭐가 있습니까?"

"저는 찬성입니다. 더 나은 요직을 추천합니다. 이 친구 대검부터 시작하죠?"

"네? 대검은 아닙니다. 왜 이러십니까?"

"뭐가 아닙니까?"

"신임 검사가 무슨 대검입니까?"

"아니, 지금 신임 검사 발령에 중앙지검 특수1부 범정이나 대검이나 뭐가 다릅니까?"

탕! 탕! 탕!

"조용히 해 주십시오!"

박종기가 망치를 치며 정숙을 요하자, 모두 조용해졌다.

그러자 위원 중 한 사람이 툭 튀어나오듯 말했다.

"이 친구 총장님 지시가 있었다던데요. 맞습니까?"

그러자 박종기와 신일우가 서로의 얼굴을 마주 보았다.

서로 말하지 않았다는 표정이었다.

하지만 사실 둘 다 각자의 술자리에서 이미 입을 열었기에 소문이 난 상태였다.

"맞습니다."

신일우가 먼저 인정했다.

그러자 박종기도 고개를 끄덕이며 말했다.

"우리 두 사람 불러서 위원장 임명할 때, 그때 말씀하셨습니다."

"언제 지시했는지는 내 알 바 아니고, 지금 여기 계신 모든 분들의 공통된 궁금증은 이 친구 왜 중앙지검 범정이냐는 것, 그거 아닙니까? 위원장님은 그걸 여기서 밝히셔야합니다."

"그건 저도 확인하지 못했습니다."

"위원장님! 인사위원장이라면 그런 건 기본으로 확인해야 하는 거 아닙니까? 이래 가지고 기자들에게 보도자료 내보낼 수 있어요?"

"죄송합니다."

박종기는 식은땀을 뻘뻘 흘렸다.

이 문제로 박재영과 통화를 나누던 기억을 떠올렸다.

같은 질문. 왜 서울중앙지검 특수1부 범죄정보과냐고 물은 것이다.

[검찰은 그 누구의 편도 아닌 오직 검찰의 편이야. 이 친구와 대검 범죄 정보기획실을 통해 이번 총선에서부터 대선까지 불법자금을 받는 놈들의 모든 범죄 정보와 그 증거들을 손아귀에 쥘 거야. 언제든 기소가 가능하게. 대답이됐나?]

박종기는 고개를 흔들어 박재영의 목소리를 떨쳐 냈다.

검찰총장의 정보친위대가 대검의 범죄 정보기획실이라면, 서울중앙지검장의 정보친위대는 특수1부 범죄정보과였다.

시대가 바뀌었다.

바뀌어도 그냥 바뀐 것이 아니라 급변했고 또 급변하고 있다.

검찰은 그 누구의 편도 아닌 오직 검찰의 편.

말은 이렇게 해도, 박재영은 오직 자신의 편이다.

대검의 범정실과 서울중앙지검의 범정과.

총선과 대선을 앞두고, 검찰 정보의 양대 산맥을 한 손아귀에 장악할 수만 있다면, 선거판에서도 또 선거가 끝난 뒤에도 부정선거로 승리한 자들을 상대로 무소불위의 막강한 힘을 휘두를 수가 있는 것이다.

그것이 국회의원이든 대통령이든.

일명 발목 잡기.

박재영은 또 그렇게 검찰총장보다 한발 앞서 한 손아귀에 쥔 범죄 정보와 증거들을 오직 자신만을 위해 필요에 따라 터트릴 계획이었다.

총선과 대선을 관통해 새 정권까지도 좌지우지할 수 있는 신약의 재출발.

[이 친구가 그걸 해낼 수 있을까요?]

[더 뛰어난 인재가 있나? 그럼, 추천해 봐.]

박종기는 확신했다.

총장에게는 우리 두 사람이 모든 정보를 손에 쥐자고 구슬렸을 것이다.

대검 중수부장 박재영은 이미 대검 범정실을 장악한 상태였다.

남은 것은 서울중앙지검 범정과의 정보.

서울중앙지검장이 차기 총장 자리를 노리고 정보를 감추면 그 부분을 채워 줄 인물에 박인수가 적임자라 판단한 것이다.

그러니 박인수는 과거 서한철의 연장선에 위치하는 것이었다.

시행착오와 시대의 변화로 인해 이제는 그 방식이 다를 뿐.

"알겠습니다."

한 위원의 발언에 박종기는 상념을 떨쳐 내고 정신을 차렸다.

"반대 의견 있으신 분 계속 말씀해 주십시오."

"없습니다."

"뭐 이미 다 정해졌구만."

"그러게요. 이럴 거면 위원회가 뭔 필요 있어?"

"아닙니다. 거수로 결정하겠습니다. 찬성하시는 분 손들어 주십시오."

찬성이 12명 나왔다.

"그럼 결정되었습니다."

"와, 정말 대단하네."

누군가가 혼자 중얼거렸다.

반대를 위한 손을 들지도 못했다.

구시렁거려도, 결국엔 찬성이 많았다.

"이 친구 보기 전에는 다들 괴물처럼 생각해서 그런지 편견이 있지만, 직접 만나 본 사람들 말 들어 보면 의외로 애가 깍듯하고 바르다고 그러더라고."

"그래요? 싸가지 더럽게 없을 거 같은데."

"아니요. 전혀 그렇지가 않다고 그러더라고요. 인성이 제대로 잡혀 있다고 칭찬하는 사람이 대부분이에요."

"신기하네."

"나도 한번 만나 봐야겠는데."

"자 조용히 해 주십시오! 다음 진행하겠습니다."

다음으로는 나머지 법무관 출신 24명에 대한 인사가 진행되었다.

이후 로스쿨 출신 42명에 대한 인사를 끝으로 회의가 마무리되었다.

탕탕탕!

광역수사대.

트렌치코트 차림의 남정우 형사는 무표정한 얼굴로 화면만 응시하고 있었다.

그의 책상에는 3년 전의 신문이 스크랩되어 있었는데, 거기에는 고등학교와 대학교를 조기졸업하고 사법연수원을 수석으로 수료한 인물의 얼굴이 있었다.

그리고 그가 노려보는 인터넷 기사에는 신임 검사의 얼굴이 있었다.

두 인물은 동인한 인물이었다.

"박인수."

트렌치코트의 추적자가 인수의 이름을 나지막이 읊조렸다.

◇ ◆ ◇

4월 2일.

과천정부청사 후생관.

"나는 이 순간 국가와 국민의 부름을 받고 영광스러운 대한민국 검사의 직에 나섭니다. 나는 공익의 대표자로서 정의와 인권을 바로 세우고, 범죄로부터 내 이웃과 공동체

를 지키라는 막중한 사명을 부여받은 것입니다. 나는 불의
의 어둠을 걷어 내는 용기 있는 검사……."

인수가 검사 선서를 낭독했다.

검사임용식장에는 인수의 양쪽 집안이 모두 참석해 축하
해 주었다.

나이 26세에 양쪽 집안에서 혼담이 오갔다.

박지훈이 세영을 며느리로 욕심냈고, 세영의 집안에서는
인수를 마다할 이유가 없었다.

오히려 어서 빨리 상견례를 하고 약혼식이라도 올렸으면
하는 마음이었다.

제36장. 고부갈등

트리니티 레볼루션
Trinity
Revolution

제36장. 고부갈등

인수는 세영의 집을 먼저 들러 인사한 뒤 세영을 데리고 집으로 왔다.

혼담이 오가는 상태였지만, 김영국은 마지막 자존심인 듯 딸의 외박을 허용하지 않았다.

"아무리 늦어도 잠은 집에 와서 자는 거야."

"아빠는……."

"뭐야 그 말투는? 자네, 책임지고 돌려보내. 알았어?"

"알겠습니다. 이따가 전화드리겠습니다."

인수는 세영을 데리고 나오며 김영국에게 말했다.

이따가 전화드린다는 건 세영을 못 들여보낼 수도 있다는 것을 언급한 것이었다.

김영국은 다 알아들었으면서도 일부러 대충 대답했다.

"알았네. 어르신들께 안부 전해 드리고."

"네."

상견례에 대한 건도 진도를 빼고 싶었지만, 여자 쪽에서 안달이 난 것처럼 보일까 염려되어 꾹 참는 김영국이었다.

"그럼 가 보겠습니다."

"다녀올게요."

세영이 뒤도 돌아보지 않고는 인수의 뒤를 따라 나가자 김영국은 무거운 한숨을 내뱉었다.

"저 녀석 뒤도 안 돌아보네."

"서운해요?"

"서운하지. 그럼 안 서운해?"

"좋을 때죠."

"좋을 때는 좋을 때인데⋯⋯."

김영국은 불안한 마음을 지울 수가 없었다.

사위될 녀석이 잘나도 너무나도 잘났기 때문이었다.

"걱정 마요."

아내가 다 이해한다는 듯 말했지만, 여전히 불안한 이 마음은 어떻게 해야 하는 걸까.

"사돈 되실 분이 보통이 아닌 거 같아서 걱정이야."

"⋯⋯."

그것은 세영의 엄마도 마찬가지로 걱정하는 부분이었다.

세영의 집과는 반대로 인수의 집은 웃음꽃이 활짝 폈다.

박지훈은 간호사 며느리도 마음에 드는데, 아버님 하면서 상냥하게 먼저 다가오는 세영이 정말 예뻤다.

거기에다가 인수의 마음을 참 편안하게 해 주는 특별한 능력을 지닌 것 같아 세영이 정말 마음에 들었다.

진짜 누구와는 정말 딴판이었고 다른 사람처럼 느껴졌다.

"자고로 여자는 밖에서 일하는 남자 맘을 편하게만 해 주면 되는 거야. 그게 바로 현모양처지, 안 그래?"

"그럼요. 아빠 말이 다 맞아요."

"그런 점에서 보면 난 우리 세영이 너무 좋다."

세영은 쑥스러워 몸 둘 바를 몰랐다.

이렇게 대놓고 칭찬을 해 주시니, 고맙기는 하지만 어머님의 눈치를 보지 않을 수도 없었다.

박지훈이 말이 많아지는 반면에 김선숙은 되도록 말을 아끼는 스타일로 변해 가는 중이었다.

처음에는 오해가 있었지만, 세영이 못마땅하거나 그런 것은 아니었다.

물론 아직까지도 가영을 며느리로 얻고자 하는 욕심이 사라진 것은 아니었다.

그쪽은 내 인연이 아닌가 보다 하며 마음을 추스를 뿐이었다.

이런 마음으로 세영을 자꾸 보니 오히려 예쁜 구석이 많았다.

분명 인수를 위해 내조할 아이라는 것은 확실했다.

하지만 뭔가 모를 관계의 불편함을 개선해 나가기에는 어려움이 있었다.

욕심을 떠나 이런 것이 고부간의 갈등인가 보구나 하고 생각하면 어른인 자신이 먼저 나서서 마음을 열고 이런 문제를 해결해야겠지만, 또 그것이 쉬운 것 같아도 정말 어려운 일이었다.

세영도 마찬가지였다.

시어머님 되실 분이 만나면 만날수록 어려웠다.

무슨 말을 하나 하더라도 몇 번을 생각하고 말해야 했기에 시기를 놓쳐 말을 못 하는 경우도 많았다.

또 아버님의 말씀에 반응하며 애교라도 떨었다가는 뭔가 뒤통수가 서늘한 것이 한기가 느껴질 정도였다.

거기에 인수가 자신에게 잘 대해 주면 그것도 그렇게 불편하기 짝이 없었다.

지금도 마찬가지였다.

주방 일이라도 도와 드리려고 하면, 아직은 손님이니까 편히 쉬라며 일을 허락하지 않으셨다.

며칠 전에는 밑반찬을 같이 만들게 되었는데, 인수가 자신의 요리에만 칭찬을 하자 어머니가 삐지셨다.

세영은 지금도 그 목소리를 똑똑히 기억했다.

전화를 받았을 때의 그 싸늘한 목소리와 쌍욕을.

이쯤 되니, 시아버지 되실 분과 인수가 이 집에서 만큼은 자신에게 관심을 보이기보다는 어머니께 집중해 주었으면 좋겠다고 느끼는 것이었다.

세영도 분명 알고 있었다.

시간이 가면 갈수록 어머님의 말수가 줄어들었고, 소외감으로 인해 외톨이가 되어 가고 있다는 것을.

그래서 세영은 인수에게 조심히 말을 꺼내 보았었다.

"엄마는 원래 변덕이 심해. 어쩔 수 없어. 김 여사는 그냥 가만히 내버려 두면 돼."

"그렇게 쉽게 말할 부분이 아니야. 내가 말하는 부분 정말 모르겠어?"

"알아요. 다 압니다. 너도 불편한 거 다 알고. 뭐 시간이 해결해 주겠지."

"그래도……."

"괜찮아. 울 엄마 생각보다 마음 넓은 사람이야. 믿어 봐."

"알았어."

하지만 오늘은 박지훈이 술에 취해 위험했다.

아들이 검사로 임용도 되었겠다, 이렇게 참하고 예쁜 간호사 며느리와 술도 한잔하겠다, 말이 많아지고 있었다.

그럴수록 김선숙은 말수가 줄어들었다.

뭔가 본능적으로 자신의 자리가 좁아지고 있다는 것을 받아들이는 과정이었다.

그래도 저 양반은 저렇게 신이 나서 좋아 죽겠다는데, 나는 왜 이렇게 기분이 가라앉는 것일까.

김선숙은 일종의 상실과 소외를 경험하는 것이었다.

거기에 중년기 호르몬의 변화로 인한 우울증까지 더해졌다.

더군다나 가영의 참한 얼굴만 생각하면 속이 다 뒤집어졌다.

인수는 엄마에게 관심이 없는 것처럼 떠들고 웃고 있지만, 그런 엄마가 측은하게 느껴지는 게 사실이었다.

살짝 보니, 그새 얼굴에 주름살이 늘어난 것이 보였다.

"엄마."

"응?"

"우리 결혼하면 같이 살까?"

"미쳤는갑다."

김선숙의 눈이 저절로 세영의 눈치를 살폈다.

"왜? 같이 살면 좋지."

"젊은 애들이 서로 할딱 벗고 거실 막 돌아다님서 자유롭게 신혼 생활을 해야지. 노인네들 둘 있으면 뭐가 좋데? 내가 불편해."

"어머니……."

세영은 이런 농담이라도 긴장하지 않을 수가 없었다.

나를 별로 탐탁지 않게 여기시는 건 아닌지…….

어머님의 말투 하나에도 신경이 곤두서 있는 것이었다.

"나는 같이 살 건데?"

박지훈이 술에 취해 눈이 풀린 상태로 말했다.

"오메, 실성했소?"

"뭐가 실성해? 아들이 같이 살자는데. 더 큰 집으로 옮기면 되지?"

"참말로 좋은 술자시고 총찬한 소리 하고 계시네."

"뭐가 총찬해?"

"아 그라믄 총찬하지 안 총찬하요?"

"근데 총찬하다는 말이 뭔 뜻이여? 매일 듣고 살아도 난 모르겠어."

"뭔 뜻이긴 뭔 뜻이여라 속창아지가 없다는 소리제."

"철이 없다고?"

"속이 없다고라!"

"아 그 말이 그 말이지! 철이나 속이나."

"아따 시방 그랗게 정신 나갔고 속창아지가 한나도 없고

235

그란 것이 총찬한 것이제 뭐시 총찬한 것이겠소?"

"그러니까 내가 지금 정신이 어디 나가서 속이 하나도 없다고?"

"그라제라. 그라믄 안 그라요?"

"알았어. 뭔 말을 못 하겠네."

"술 좀 작작 드쇼."

"거참 며느리 있는데."

"며느리가 될지 안 될지도 모르는데."

순간 싸늘해졌다.

김선숙도 말을 잘못 내뱉었다고 생각했다.

"아가, 이 사람이 이런다. 내가 미안하다."

"아니에요……."

세영은 이럴 때 주방으로 가서 설거지라도 했으면 좋겠는데, 어머님이 못 하게 할 것이 불 보듯 뻔했기에 그냥 가만히 앉아 있을 수밖에 없었다.

"인혜 안 오나?"

인수도 딴소리를 하고 앉아 있었다.

그때였다.

호랑이도 제 말 하면 온다더니, 인혜가 비밀번호를 누르고 들어왔다.

그런데 혼자가 아니었다. 뒤에 보보가 있었다.

"안녕하세요? 어? 안녕하세요……."

수연이 들어오며 인사를 하다가 세영을 보고는 또 인사했다.

세영도 가볍게 인사를 했다.

"네⋯⋯."

"수연이 왔냐?"

박지훈이 딸처럼 말을 건넸다.

"네, 저 왔어요."

"밥 먹었어? 니들 밥 안 먹었지? 앉아라."

김선숙도 마찬가지였다.

"어. 우리 배고파. 밥 줘."

"손 씻고 와, 이 가시나들아."

"네에!"

인혜와 수연은 화장실로 들어가 손을 씻고 나왔다.

세영은 수연의 행동을 지켜보지 않을 수가 없었다.

편하고 자연스럽게 자리에 앉자, 김선숙이 수저를 건네주었다.

"감사합니다!"

수연은 자기 집에서 밥을 먹는 것처럼 젓가락질을 하며 음식을 먹기 시작했다.

"음, 맛있다! 아주머니 음식 솜씨 갈수록 좋아지시는 거 같아요."

"그러냐? 많이 먹어. 근데 너 그렇게 바빠서 어떡하니?

몸이 두 개라도 부족하겠다야."

"괜찮아요. 이제 익숙해져서요."

"이제 다 컸으면 인혜 좀 케어해 줘. 우리 신지원 무명가수 어떡하니? 소속사에서 안 쫓겨나나 몰라."

인수가 웃으며 말했다.

"죽을래?"

인혜가 인상을 팍 쓰다가 세영을 보고는 헤 하고 웃었다.

"인혜 지금 준비하는 앨범 괜찮아요. 진짜 괜찮아요. 대박."

"그건 뚜껑이 열려 봐야 아는 거지."

"아빠는 아빠 딸 못 믿어?"

"믿지. 우리 딸 오랜만에 아빠 앞에서 노래 한 곡 해 봐."

"싫어."

인혜가 딱 잘라 말하고는 허기진 배를 채우기 시작했다.

수연도 그 옆에서 젓가락질을 몇 번 하다가 내렸다.

"애, 더 먹어야지. 살찔까 봐 그래?"

"많이 먹었어요."

"그러게 스타는 아무나 되니."

김선숙이 코를 박고 먹고 있는 인혜를 보며 말했다.

"아, 뭐?"

인혜의 반응에 인수가 웃고 말았다.

세영도 웃었지만, 수연이 부러운 게 사실이었다.

어느새 시간이 밤 11시 30분을 넘어갔다.

"부모님 기다리실 텐데 그만 가 봐야지? 수연이는 자고 갈 거야?"

"네. 우리 둘 다 내일은 오전 스케줄이 비어서요."

세영의 눈빛이 빛났다.

박지훈이 소주잔을 비우며 말했다.

"이제 곧 결혼할 건데 그냥 자고 가. 너무 늦었어."

"오메 이 양반이 미쳤나. 결혼도 안 했는데 뭘 자고 가요?"

"미치긴 뭐가 미쳐?"

"그라믄 쓰간. 안 돼."

김선숙이 딱 잘라 말했다.

인수는 세영의 표정을 보았다.

얼굴에 서운한 기색이 역력했다.

"언니, 자고 가."

인혜가 툭 던졌다.

"아, 그게⋯⋯."

"저 가시나가!"

김선숙이 또 발끈하자, 세영은 정말 서운했다.

수연은 편하게 자고 가라면서 자기는 내쫓는 것만 같았다.

수연은 이름도 잘 불러 주시면서 자기 이름은 어째 한 번도 제대로 불러 주신 적도 없었다.

"아가, 자고 가. 괜찮아. 요즘 세상에 뭐 어때?"

박지훈이 세영을 향해 아가라고 불러 주었다.

그러니 이번에는 수연 쪽에서 세영을 부러워했다.

세영은 네, 라고 대답하고 싶었다.

진짜 그러고 싶었다.

문득 수연과 눈이 마주쳤다.

'어르신들 앞에서 흠 잡히지 마라. 보통 분이 아니신 거 같던데.'

하지만 아빠의 목소리가 들려왔다.

"아버님, 다음엔 허락받고 올게요."

세영이 애써 웃으며 말했다.

오늘은 안 되지만, 앞으로 부모님께서 허락해 주시면 얼마든지 자고 가겠다는 뜻이었다.

오메.

인혜와 김선숙이 동시에 같은 표정을 지었다.

"인수 너 술 마셔서 운전도 못 하잖아? 그냥 자고 가. 전화드리면 되지 뭐. 전화드려."

"오메 참말로 좋은 술 자시고 어째 계속 그라실까요?"

김선숙이 박지훈을 째려보았다.

"그래, 언니 그냥 자고 가. 우리랑 같이 자면 되지 뭐."

인혜는 슬슬 재밌나 보다.

수연은 세영의 표정을 계속 살폈다.

딱 보아도 집에 들어가기 싫은 표정이었다.

"자, 그러면 오늘은 여기까지."

인수가 일어서며 인혜를 내려다보았다.

"우리 공주가 운전 좀 해 주라."

"내가? 아 그냥 택시 타고 가."

"어우, 야아."

수연이 무릎으로 인혜의 허벅지를 툭 쳤다.

"아 그럼 니가 데려다줘."

인혜는 아무 생각이 없다.

며칠을 굶은 사람처럼 여전히 음식만 탐할 뿐이었다.

수연이 두 눈을 깜박거렸다.

"어디 무명이 대스타한테 운전을 하라 마라야. 그것도 남의 차를."

"뭐 어때? 스타는 뭐 운전하면 안 돼? 근데 이 오라버니가 자꾸 신경 긁네?"

"스타가 아니라 대스타라니까."

"아, 진짜! 너 듀글래?"

인혜가 입 안의 음식으로 인해 부정확한 발음과 함께 파편을 튀기며 소리쳤다.

"아이고 무서워."

인수가 엄살을 떨며 세영에게 빨리 가자고 눈치를 주었다.

"오메 저 가시나 지 오빠를 아주 잡아먹겠네."

"알았어. 내가 갈게. 진정하고 먹어. 내가 갔다 올게. 그러다 체하겠다. 키 줘."

수연이 몸을 일으키자, 인혜가 눈으로 자신의 가방을 가리켰다. 가방에 있다는 말이다.

"근데 인혜 차 운전해 봤어? 처음 하는 거 아니야? 괜찮겠어?"

"네, 괜찮아요. 몇 번 해 봤어요."

"이거 영광인데?"

"아니에요."

수연이 인혜의 가방을 뒤지는 그때 세영도 몸을 일으켰다.

"어머니…… 이거 치우고……."

"아냐. 아직 손님이 주방 일 하고 그러는 거 아냐."

"그래도……."

세영은 재빨리 자신이 사용한 접시와 수저를 들고는 주방으로 향했다.

"얘는 괜찮데두."

김선숙이 뒤따라와 말렸다.

거의 쫓겨나듯 등을 떠밀려 주방에서 다시 거실로 나왔다.

세영은 어쩔 수 없다는 듯, 자신의 가방을 챙겼다.

"아버님, 어머님…… 저 그럼 이만 들어가 볼게요."

"이거 서운한데. 그냥 자고 가지는."

박지훈도 배웅해 주기 위해 몸을 일으키는 그때였다.

"어, 가방 예쁘다!"

인혜가 언제 버럭 했냐는 듯 세영의 가방에 눈독을 들였다.

"이거 명품 아냐? 함 봐요."

"아, 네……."

세영이 가방을 인혜에게 건네주었다.

"와, 예쁘다. 오빠가 사 줬어? 나도 좀 사 줘. 새언니만 사 주지 말고. 공주람서."

"데려다주지도 않는데 내가 왜 사 주냐?"

"거 뒤끝 작렬이네. 와 근데 진짜 예쁘다. 언니! 내 가방이랑 바꾸자."

"에에?"

"바꿔도!"

"오메 저 가시나 말하는 거 봐라? 야 이 총찬한 가시나야! 당장 안 주냐?"

"싫어. 언니는 돈 많은 오빠가 또 사 주면 되잖아."

"아…… 그건 저도 아끼는 거라……."

"똑같은 거 사 주면 되잖아."

"세상에 하나뿐인 거다. 이리 내."

인수가 좋은 말로 할 때 그 가방 내놓으라는 듯 손을 뻗자, 인혜는 가방을 품에 꼭 껴안고는 버텼다.

애처럼 도리질까지 하며.

"울 공주 이러는 거 아니다. 나쁜 짓."

"그럼 나도 사 줘."

"인혜야, 아빠가 사 줄게. 언니 가라고 돌려줘. 어서."

"뭐슬 또 사 줘요? 오메 저 징한 가시나. 내가 저년 꼴 보기 싫어서 집을 나가불든지 해야지."

"아빠가 사 줄 거야?"

박지훈이 알았다며 대충 대답했다.

어서 가방 돌려주라고.

"아싸! 가방 하나 또 생겼다!"

인혜가 세영에게 가방을 돌려주었다.

가방을 돌려받은 세영은 이마에 땀이 다 나는 기분이었다.

"저렇게 속창아지가 없어. 오메 누가 데꼬 갈란가 내가 다 심란허네. 야 이 가시나야! 니가 운전해! 앉아서 처먹지만 말고!"

"수연이가 한다잖아."

인혜는 아무 일도 없었다는 것처럼 다시 먹기만 할 뿐이었다.

그런 인혜의 정수리를 김선숙이 자근자근 씹어 먹을 것

처럼 씩씩거리며 노려보았다.

"다 당신 닮아서 그런 거지 뭐."

"뭐시라?"

김선숙이 박지훈을 확 째려보았다.

"그럼…… 그만 가 볼게요…… 안녕히 계세요."

세영이 재빨리 인사했다.

"다녀올게요. 수연아, 넌 그냥 있어. 택시 타고 갈게."

"아니요. 같이 가요."

"아냐. 피곤할 텐데 쉬어."

수연이 이러지도 못하고 저러지도 못한 채 망설이고 있
는 그때 인혜가 혼자 중얼거렸다.

"둘이 다른 데로 새나 보네."

인수가 뜨끔했다.

"아…… 그러면 저는 굳이……."

수연은 순간 인수의 집 거실과 소파 그리고 피아노가 떠
올랐다.

바쁘게 연예생활을 하면서도 그리워했었던 공간이었다.

"그래."

인수와 세영이 현관에서 신발을 신자, 인혜가 뒤돌아 젓
가락을 흔들며 소리쳤다.

"언니, 잘 가요!"

"아…… 네……."

"처먹지만 말고 나와서 인사해 이 가시나야! 조심히 들어
가. 어르신들께 안부 전해 드리고."

"네…… 안녕히 계세요."

"자고 가도 되는데……."

김선숙이 또 팔꿈치로 박지훈의 옆구리를 찔렀다.

"그만 좀 찔러."

순간 박지훈이 여태 깜박하고 있었던 말을 꺼냈다.

"아 참! 인수야, 다음 주 일요일에 시간 좀 비워라. 할아
버지 산소에 좀 가자."

박지훈의 표정에 그늘이 드리워졌다. 엄마의 표정도 좋
지 않았다.

"네, 알겠어요."

수연이 마지막으로 인사했다.

"언니, 들어가세요."

"네. 다음에 또 봬요. 아, 바쁘셔서…… 워낙 유명한 분이
시라."

"저는 그냥 말씀 편하게 하셔도 되는데…… 시간 내면
되죠. 우리 다음에 밖에서 만나요."

수연이 활짝 웃었다.

"네. 그래요."

세영이 계속되는 인사 끝에 돌아섰다.

그때 수연은 이미 돌아선 인수의 뒷모습을 보았다.

그 등이 무척이나 듬직하고 넓어 보였다.

그 순간 퍼뜩 떠오른 한 장면으로 인해 걷잡을 수 없는 질투심이 끓어올랐다.

소파, 자신이 쉬었던 그 소파에서 두 사람이 키스를 하는 것으로 시작해 서로를 끌어안는 장면이었다.

그렇게 이제는 거칠게 서로를 탐닉하는.

아찔했다.

수연이 머리를 털며 정신을 차리는 그때 문이 닫혔다.

"아휴, 갔네."

"뭔 한숨이야?"

"몰라요. 난 어렵네."

"뭐가 어려워? 애가 참하고 착하기만 하구만."

"아 누가 안 착하데요?"

"왜 신경질이야?"

"아 몰라요! 몰라!"

"아빠. 쉿!"

인혜가 엄마 성질 건드리지 말라는 듯 눈치를 주었다.

그러자 끙 하며 자리에 앉은 박지훈이 소주잔을 비웠다.

인혜의 옆에 수연이 앉았다.

"어?"

인혜는 깜짝 놀랐다.

체중 관리에 엄격한 수연이 젓가락을 들었다가 탁 하고

내려놓더니 소주잔을 든 것이다.

"아저씨…… 저도 소주 한 잔만 주세요."

박지훈과 김선숙이 두 눈을 깜박거렸다.

◇ ◆ ◇

다음 주 일요일.

박지훈은 아버지의 묘에 술을 올리고 큰절을 올렸다.

"아버지, 저 왔습니다."

김선숙은 시아버지의 무덤으로부터 등을 돌리고 있었다.

30년이 넘는 시간이 지났지만, 지금도 자신을 반대했었고 며느리로 인정하지 않았던 시아버지를 생각하면 못마땅한 것이었다.

얼굴만 곱상한 게 대학도 나오지 못했고, 말만 꺼내면 무식이 줄줄 흐른다는 것이 반대의 이유였다.

미용을 배운 것은 특별한 재주가 있어서가 아니었다.

시골에서 자라며 고생하시는 부모님을 보면 오직 돈을 벌어야겠다는 생각 말고는 다른 생각은 들지 않았기 때문이었다.

몸이 부서져라 일했고, 사업에 뜻이 있던 박지훈을 결혼도 하기 전에 버는 족족 도와주었다.

그래도 시아버지는 자신을 며느리로 인정하지 않았다.

"아버지, 아버지 손자가 이렇게 커서 곧 결혼을 할 것 같아요. 그런데 아버지가 그렇게도 저 사람을 반대했던 것처럼, 저 사람도 우리 식구가 될 사람을 아직 받아들이지 못하고 있네요."

김선숙은 여전히 등을 돌리고 있는 상태였다.

"인수야."

"네, 아빠."

인수가 엄마의 슬픈 표정을 바라보다가, 아버지가 부르자 잔을 올리기 위해 할아버지의 묘 앞에 무릎을 꿇었다.

"엄마."

인수가 비석을 바라보며 엄마를 불렀다.

김선숙은 아들이 자신을 불러도 뒤돌아보지 않았다.

"엄마, 제 말 듣고 있죠? 저 오늘 엄마한테 드릴 말씀이 있어요."

"……?"

김선숙의 표정이 의문으로 바뀌었다.

"전 제사를 지내는 목적이 오직 죽은 자를 위한 것이라고 생각했었어요. 한때는 그랬었죠."

인수는 귀환했을 때 전생에 사랑했던 사람들을 위해 제사부터 지냈었다.

어떻게든 그들의 넋이라도 위로하고 싶었기 때문이었다.

하지만 그때 인수는 깨달은 바가 있었다.

"하지만 이제는 알 것 같아요. 제사는 죽은 자를 위한 것이 아니라 산 자를 위한 행위라는 것을요. 우리는 지금 죽은 자를 위해 술을 올리고 절을 하는 것 같지만, 결국엔 우리 각자의 삶을 한 번 더 돌아보는 시간을 보내고 있는 거예요."

먼 산을 바라보는 김선숙의 두 눈이 흔들렸다.

"지금 제가 무덤 앞에서 무릎을 꿇고 있는 이 경계는 죽은 자와 산 자의 경계. 우리는 모두 다 죽음 앞에서 삶을 한 번 더 돌아보고 반성하기에, 내 삶이 소중하다는 사실을 깨닫게 되는 겁니다. 그 어떤 못된 사람도 죽음 앞에서는 작아지고 경건해지고 겸허해질 수밖에 없어요. 결국엔 우리가 하는 모든 행위는 살아 있는 사람들과 살아 있는 삶을 위한 거예요. 엄마, 우리 앞으로 행복하게 살아요. 전 엄마 사랑해요."

주르륵.

김선숙의 두 눈에서 뜨거운 눈물이 흘러내렸다.

"그래. 살아 있는 사람이 행복해야지. 죽으면 다 무슨 소용 있어. 엄마가…… 노력할게."

이제는 시아버지도 용서하고, 세영도 며느리로 받아들이기 위해 노력해야 할 시간이었다.

하지만 끝내 묘를 향해 돌아서지는 못했다.

◇ ◆ ◇

서울중앙지방검찰청 지검장실.

똑똑똑.

제3차장검사가 밖에서 넥타이를 고친 뒤 노크를 하고 들어갔는데, 생각지도 못했던 한 사람이 더 있었다.

대검 중수부장 박재영.

안의 세 사람은 오랜 친분이 있는 사람들처럼 자연스럽게 대화를 나누는 중이었다.

3차장은 지검장에 이어 중수부장에게도 넙죽 인사를 했다.

"어, 왔어? 들어와. 자 여기는 그 소문의 괴물신임 검사, 박인수. 인사 나눠."

지검장이 새파란 신임 검사를 상대로 편안하게 대화를 나누는 것도 모자라 인사를 하라며 직접 소개를 하고 있다니.

"이 친구 말이야. 변 교수가 전화를 다 해 왔어."

그것도 모자라 '보시다시피 대검 중수부장이 함께 왔네?'라는 말까지 하려는 표정이었다.

"변 교수라면……."

3차장이 고개를 갸우뚱거렸다.

"거 청와대……."

'예전 청와대 정책실장 몰라?' 라는 듯 지검장이 눈치를 주었다.

"아!"

3차장이 변영하 교수의 얼굴을 떠올렸다.

"차장님, 안녕하십니까?"

인수가 넙죽 인사를 해 오자 3차장이 악수를 청했다.

"그래, 반갑네. 소문 많이 들었네."

사실 반갑다는 말도, 소문이 어쩌고 말도 안 하려고 했지만, 지검장이 나서서 직접 소개를 해 오고 중수부장이 또 직접 데리고 왔으니 딱딱하게 굴 수가 없었다.

악수를 나누는 그때, 지검장이 인수의 어깨를 두드리며 말했다.

"앞으로 기대하겠어."

마치 아들을 흐뭇하게 바라보는 아빠의 미소였다.

"네. 열심히 하겠습니다."

인수는 다시 뒤돌아 지검장에게 넙죽 인사했다.

그런 뒤 박재영에게도 인사를 했다.

"그래. 다음에 보자고."

지검장이 박재영의 눈치를 살피더니 3차장에게 눈짓을 했다.

그 눈빛은 마치 데리고 나가서 특수1부장에게도 자기처럼 소개시키라는 말처럼 들려왔다.

"돌아가 보겠습니다."

3차장검사는 지검장과 박재영에게 인사를 한 뒤, 복도를 걸어 특수1부장실이 아닌 자신의 사무실로 인수를 데리고 들어갔다.

그리고는 특수1부장을 호출했다.

똑똑.

노크 소리가 들려왔다. 문 밖, 특수1부장은 심호흡을 하며 넥타이를 고쳐 맸다.

"들어와."

"부르셨습니까?"

"그래. 거기 편히 앉아."

3차장검사는 특수1부장에게 자리를 안내했다.

인수와 맞은편이었다.

"자네도 앉아."

"네."

인수는 서서 기다렸다가 3차장검사가 먼저 앉으며 앉으라고 하자, 자리에 앉았다.

"실물이 더 잘생겼는데?"

"과찬이십니다."

"차 한잔해야지?"

"감사합니다."

삐.

"여기 커피 좀 부탁하고, 각 부장들 올라오라고 해."

[알겠습니다.]

3차장검사는 특수1부장에 이어 특수2부, 3부, 4부장검사까지 호출했다.

거기에 강력부장, 첨단범죄수사1부장과 2부장까지 불렀다.

잠시 후, 부장검사들이 우르르 뛰어왔다.

똑똑똑.

노크에 이어 문을 열고 들어온 부장검사들은 지검장실에서의 장면을 똑같이 연출했다.

"여기는 박인수. 인사들 나눠."

"안녕하십니까? 신임 검사 박인수, 선배님들께 인사드리겠습니다."

인수가 넙죽 인사를 하자, 특수1부장이 악수를 청해 왔다.

그래도 몇몇은 뻣뻣하게 굴었다.

말이 안 되는 일이 벌어지고 있는 것이었다.

아무리 장소가 차장검사실이라지만, 신임 검사를 소개하는 자리에 호출을 당한단 말인가.

한데 저 아빠 미소는 또 뭔가.

"박 가면, 어디 박 가야?"

"순천 박 가입니다."

"오, 같은 박 가네? 인자 항렬이면?"

"할아버지 되십니다."

"아 그런가?"

인수가 순천 박 씨의 여러 공파와 항렬을 쭉 말해 주자, 1부장검사의 두 눈이 동그래졌다.

"그걸 어떻게 다 외워?"

"족보에 관심이 많았습니다."

"대단하네."

부장검사들은 겉으로는 칭찬해도 속으로는 별종이라고 생각했다.

그렇게 또 노크 소리가 들려왔고, 부부장검사가 들어왔다.

범죄정보과.

부부장검사 박세출이 인수를 직원들에게 소개시켜 주었다.

"자 인사하자고. 여기는 신임 검사 박인수!"

모두 다 자리에서 일어나 인수를 박수로 환영했다.

소문을 익히 들어 엄청난 괴물이 온다는 것을 알고 있었다.

"안녕하십니까? 박인수입니다. 앞으로 잘 부탁드립니다."

인수가 큰 목소리로 공손하게 인사했다.

"여기는 공형필 계장. 이래 보여도 베테랑이야. 그리고 이 자리는 수사과장 자린데 지금은 공석이야. 앞으로 공 계장이 수사과장이 되려나?"

"설마요. 대검에서 오겠죠."

"내가 힘 좀 써 줄까?"

"부장님, 제발 써 주십쇼."

"알았어. 기다려 봐."

박세출이 웃자, 공 계장도 웃었다.

두 사람 다 불가능하다는 것을 잘 알고 있기에 장난을 치고 있는 것이었다.

부부장검사의 호칭은 수사관들에게 예의상 부장님으로 통했다.

진짜 특수1부장검사도 부장님, 할 일 없는 부부장검사도 부장님으로 불렸지만, 신기하게도 사람들은 부장님이 언급될 때면 그 부장님이 진짜 부장님인지 부부장을 말하는지를 귀신같이 알아차렸다.

마치 거시기 하면, 그 거시기가 무엇을 뜻하는 것인지 아는 것처럼.

"반갑습니다."

경석이를 연상케 하는 곱슬머리에 뿔테 안경, 키가 작고 뚱뚱한 공 계장이 인수에게 악수를 청해 왔다.

"저도 반갑습니다. 잘 부탁드립니다."

인수는 공 계장의 손을 잡았다.

고생을 해 보지 않은 사람처럼 손이 참 부드러웠다.

서한철을 생각하면 수사관이 아닌 실무관 같은 느낌이었다.

"반가워요. 아휴, 잘생겼어요. 우리 아들도 검사님처럼 요렇게만 커 주면 얼마나 좋아."

후덕한 아주머니가 인수에게 인사했다.

실무관 홍진희였다.

"과찬이십니다."

"여기는 홍 주임."

"네. 홍 주임님, 안녕하세요?"

인수가 사람 좋은 미소를 지어 보였다.

다음은 같은 특수1부이지만 과가 다른 수사1과에서 근무하는 평검사로 선배 검사 두 명과 인사를 나누었다.

지방에서 8년을 돌고 돌아 지금 이 위치에 오른 사람들이었다.

나이도 마흔이 가까운 30대 후반으로 보였다.

자식들도 있어 보였다.

"역시, 이 나라는 무조건 1등 하고 봐야 돼. 암튼 환영해."

"자네도 뺑뺑이 좀 돌아 봐야 되는데. 이거 부러워서 같이 일하겠어?"

"이 사람이, 부러우면 지는 거야."

"그런가? 뭐 괜찮아. 부장님께서 오늘 맛난 거 사 주실 테니까."

박세출도 이번 인사를 보니, 부부장검사에서 부장검사로의 승진은 포기한 상태였다.

어차피 철새 인생이라 이곳 특수1부에서도 오래 버티지 못하고 좌천될 것이 뻔했다.

"죄송합니다. 저도 첫 발령이 이렇게 날 줄은 정말 몰랐습니다."

인수는 옆집 이사 온 사람을 구경하러 온 것처럼 방문한 수사1과 수사관들과 실무관에게도 인사를 나누었다.

"뭐가 죄송해. 죄송할 거 없어. 난 엘리트주의를 부정적으로 보지 않아. 능력 있으면 계속 날아오르는 거지 뭐. 그런데 부장님께서 오늘은 선약 있으셔서 회식은 내일로 미뤄야 할 거 같은데? 에이, 오늘 같은 날 회식을 못 하면 언제 해?"

"부장님! 부장님 빼고 우리끼리 회식했다가 그 뒷감당을 어떻게 하시려고요……."

홍진희가 걱정이 되어서 따지고 들었다.

"사람이 새로운 인연을 시작하는데, 만사 다 제치고 함께 모여 잔을 돌리며 인사도 나누고 정도 나누고 노래도 부르고 그래야 하는 거지. 뭐 그렇게 중요한 일이라고. 뭐 누구는 안 바빠?"

박세출이 부장검사가 들으면 안 될 말을 너무나도 자연스럽게 하자, 모두 다 또 시작했다는 표정으로 문 쪽을 보았다.

꼭 이럴 때면 언제 나타났는지 부장검사가 뒤에 서 있기 때문이었다.

그때 부부장검사의 전화기가 울렸다.

"어? 수사관이 왔다고? 또 위에서 내려왔어? 알았어. 지금 달려간다고 말씀드려."

통화를 끊으려던 박세출이 숨을 죽이듯 목소리를 낮추어 말했다. 표정이 엄청 환해졌다.

"잉? 여자라고?"

전화를 끊은 부부장검사 박세출이 자신의 자리로 돌아가 손거울을 보며 머리를 만지고 옷을 다시 고쳐 입었다.

"나 어때?"

"멋지십니다."

공 계장이 엄지를 세워 주자 박세출이 만족한 표정으로 재빨리 몸을 돌리는 그때였다.

문이 쾅! 하며 박력 있게 열렸고 한 여자가 등장했다.

경찰 제복이 꽤 근사하게 잘 어울렸다.

"충성! 신고합니다! 경장 서유정 서울중앙지검 특수1부 범정과의 수사관으로 전입을 명받았기에 이에 신고합니다!"

트리니티 레볼루션
Trinity
Revolution

제37장. 굴비들

인수의 날카로운 두 눈이 웃음기를 머금으며 더욱 더 가늘어졌다. 이미 알고 있었기 때문이었다.

"오늘 특별케이스가 또 하나 늘었네."

형사가 검찰수사관으로 들어오는 경우는 특별한 사건이 발생해 수사 인원을 대폭적으로 확대할 때나 발생했다.

하지만 특별한 사건도 없이 범정과에 검사가 배치되었고, 형사도 수사관으로 파견을 나왔다.

이게 다 무슨 일이란 말인가.

"혹시…… 과장님으로 오신 건……."

공형필이 의미심장한 눈빛으로 물었다.

이왕이면 아랫사람이 낫지, 혹시나 윗사람이 오면 그만큼 더 고생해야 하기 때문이었다.

"아닙니다."

유정과 인수의 눈이 마주쳤다.

인수는 웃었지만, 유정은 그런 인수를 보며 놀라지 않는 것에 실망스러웠다.

깜짝 등장으로 인수가 놀라는 모습을 보고 싶었는데 저 녀석은 어째 다 알고 있었다는 표정이니 슬슬 짜증이 밀려왔다.

박세출이 그런 유정을 위아래로 훑어보았다.

그러더니 홍진희에게 말했다.

"홍 주임! 맛집 알아봐! 오늘 같은 날은 우리끼리라도 회식이다."

"부장님께 먼저 말씀드리세요. 자기만 쏙 빼고 회식한다면 좋아하시겠어요?"

"알았어. 내가 다녀올게."

"진짜 다녀오시게요?"

"응!"

"부장님!"

홍진희가 소리쳐 불렀지만, 박세출이 뒤도 돌아보지 않고 밖으로 나갔다.

"저렇게 속이 없으셔. 저러니 승진을 못 하지. 쯧쯧쯧."

홍진희가 혀를 차더니, 곧바로 표정이 돌변했다.

신난다는 표정으로 재빨리 모니터를 보며 맛집 검색에 들어갔다.

그때 서유정이 인수를 째려보았다.

인수가 왜? 하는 표정으로 소리 없이 대꾸하자 유정은 입술을 삐죽거리다가 웃었다.

그 웃음에 섞인 유정의 목소리가 인수에게 또 소리 없이 들려왔다.

너 검사 되라. 내가 너의 사냥개가 될 테니.

◇　◆　◇

홍 주임이 고기를 굽고, 공 계장이 소주에 맥주를 말았다.

한두 번 해 본 솜씨가 아니었다.

여섯 잔이 차례대로 준비되자, 공 계장이 자리에서 일어났다.

"자, 오늘 뜻깊은 자리를 마련해 주신 부장님께 감사드리며, 부장님을 앞으로 모시겠습니다."

모두 와! 하며 박수를 쳤다.

부부장검사 박세출이 잔을 들고는 자리에서 일어섰다.

그때 홍진희가 허리춤을 붙잡고는 귓속말로 물었다.

"혼났죠? 이제 사실대로 말해 봐요."

"혼 안 났다니까? 카드도 주셨다고 몇 번을 말해?"

"에이, 혼났으면서."

"시끄러."

"혼났어. 엄청 혼났어."

홍진희가 포기했다는 듯 허리춤을 놓아주자, 박세출이 벌떡 일어나 잔을 높이 들어 올렸다.

"자, 모두 잔 채웠나? 뭐 긴말하지 않겠어. 가장 중요한 건 각자의 건강이야. 일이야 내일 또 하면 돼. 안 그래? 일하다가 힘들다며 자살하는 애들 난 이해를 못 하겠어."

옳습니다!

모두가 잔을 든 상태로 소리치며 환호했다.

"첫째가 건강, 둘째는 단결! 우리는 이제 한배를 탄 가족이야. 건강은 가장 중요하면서도 당연한 거니까 건배제의에서 빼고, 단결을 위해 나부터 건배제의를 하겠다. 내가 '우리 범정과의 단결과 단합을 위하여!'라고 외치면 모두 '위하여! 범정! 범정 파이팅!'이라고 외친다. 거기 오늘 우리 회식에 참관해 주신 분들도 함께해 주세요?"

"네, 알겠습니다! 범정! 범정!"

"부장님 파이팅!"

수사1과 검사들이 소리쳤다.

"자, 그럼 건배하겠습니다. 범정과의 단결과 단합을 위하여!"

"위하여! 범정! 범정! 파이팅!"

쨍하고 잔이 부딪쳤다.

모두 한입에 숨도 안 쉬고 잔을 비우는 것이 술고래들이었다.

공 계장이 다시 자리에서 일어났다.

"자, 다음으로는 새 가족이 된 우리 박인수 신임 검사님께서 모두의 잔을 채워 주시고, 소감을 말하고 건배제의를 하겠습니다."

인수가 소주병을 들고는 자리에서 일어섰다.

박세출부터 시작해 한 바퀴 돌아 소주잔을 채웠다.

"저는 소주를 좋아합니다. 인터넷에 있는 말 중에 제가 좋아하는 말이 하나 있습니다. 그냥 술 한잔하자, 맥주 한 잔 어때? 이렇게 상대방이 말을 해 오면 굳이 함께해 주지 않아도 된다. 하지만 상대방이 소주 한잔하자며 나를 찾아올 때는, 또 그렇게 말을 걸어오면 그 사람과는 반드시 함께 소주를 마셔 주어야 한다고요. 소주는 정말 다른 술과는 그 의미가 다른 것 같습니다. 지금 그 사람에게는 분명 힘들고 견디기 어려운 일이 생긴 것이니까요. 전 소주를 좋아합니다. 부장님 이하 여러분들을 이렇게 만나게 되어서 정말 기쁩니다. 언제든지 여러분들에게 소주와 함께 제가 필요한 사람이 되고 싶습니다! 제가 '범정과를 위하여!' 라고 외치겠습니다. 그러면 모두 '위하여!' 라고 따라 외쳐 주십시오! 자, 범정과를 위하여!"

위하여!

또 다시 쨍하며 잔이 부딪쳤다.

인수가 자리에 앉자, 공 계장이 또 자리에서 일어섰다.

"자, 다음으로는 우리 막내 서유정 수사관님을 앞으로 모시겠습니다! 박수!"

막내라는 말에 힘을 주었다.

박세출이 제일 힘껏 박수를 쳐 대기 시작했다.

쭉 빠진 몸매에 이목구비가 시원시원하게 생긴 유정이 맘에 든 것도 모자라, 한눈에 반한 표정이었다.

후덕한 홍 주임과 함께 지내다가 젊고 파릇하고 매력적인 여자가 한 식구로 들어왔으니 좋기만 한 것이다.

하지만 저렇게 나이를 먹고도 자신의 감정을 숨기지 않는 것을 보면 철없는 애늙은이 같았다.

서유정이 박수를 받으며 자리에서 벌떡 일어섰다.

"모두 안녕하십니까? 다들 중앙지검 범정과에 수사관으로 형사 T.O가 한 명 더 생긴 것에 대해 말이 많으실 거라 생각합니다. 그래서 이 자리에서 솔직하게 밝히겠습니다. 저는 대검 박재영 중수부장님께서 직접 보내서 왔습니다."

순간 주위가 싸늘해졌다.

"앞으로 범정과의 모든 정보는 저를 통해 중수부장님께 직접 보고될 것입니다. 그리고 하나 더."

모두가 두 눈이 동그래져서 서유정을 올려다보았다.

그저 속도 모르고 물개처럼 신나게 박수를 치던 박세출도 멍한 상태로 동작을 멈추고는 서유정을 올려다볼 뿐이었다.

"중수부장님께서 저에게 오픈하는 정보도 여러분들에게 날것 그대로 공유될 것입니다. 전 계집애들처럼 뭘 숨기고 뒤에서 말하고, 수작 부리고 이런 거 질색입니다. 중수부장님이 절 여기로 보낼 때, 제안했습니다. 범정과의 정보를 원한다면, 저도 중수부장님의 정보를 범정과에 오픈하겠다. 아니면 보내지 마라."

모두가 멍한 표정이지만, 인수는 애써 웃음을 참고 있는 중이었다.

'그래, 너답다.'

서유정이 탁자를 돌며 멍한 표정을 짓고 있는 사람들의 빈 잔을 채웠다.

"자, 건배 제의하겠습니다. 지금 이 시간부터 내일은 없습니다. 오늘 먹고 죽습니다. 알겠습니까? 밑장을 뺀다거나, 한 번 쉬어 가는 사람은 저한테 걸려만 보십쇼. 자, 잔을 듭니다. 높이 듭니다. 제가 '내일은 없다!' 라고 외치면 다 함께 '그래, 오늘 먹고 죽자!' 라고 외칩니다! 자, 내일은 없다!"

그래, 오늘 먹고 죽자!

쨍하고 얼떨결에 잔이 부딪쳤다.

그렇게 술이 술을 먹었고, 술이 물처럼 들어가기 시작했다.

분위기는 무르익어 갔고, 인수의 팀은 2차를 위해 노래방으로 이동했다.

노래방에서 서유정은 제복 상의를 벗었다.

뒤로 묶은 머리를 풀어헤쳤다.

박세출이 다시 물개박수를 치기 시작했다.

'내가 중요한 일이 있어서 오늘 회식은 곤란하다고 말했잖아? 그래도 오늘 꼭 해야겠어?'

'부장님께서 애들 못 챙기시니까 저라도 챙기겠습니다.'

'아니, 내일 하면 되잖아?'

'오늘만큼은 제가 새로운 가족을 꼭 챙겨 주고 싶습니다.'

'알아서 해! 나가!'

'카드……'

부장님께 엄청 혼났다. 그래도 잊어버렸다.

카드를 받았으니까. 모두 다 미치기 시작했다.

지금 이 순간, 인수가 보기에 진짜 이들은 내일이 없는 사람들처럼 보였다.

◇ ◆ ◇

고급 한식당.

문이 열리자, 앉아 있는 박재영의 옆모습이 보였다.

문을 열고 들어가는 사람은 대검 공안부장.

"죄송합니다. 늦었습니다. 오래 기다리셨겠습니다."

공안부장은 문 밖에서 넙죽 인사를 한 뒤, 안으로 들어가
문을 닫았다.

"아냐. 나도 방금 왔어. 거기 앉아."

"네."

공안부장이 호주머니에서 전화기를 꺼내 전원을 끄려고
하자, 박재영이 손을 흔들며 소주병을 들었다.

"됐어. 일단 받게나."

박재영이 공안부장에게 술을 따라 주었다.

공안부장은 재빨리 전화기를 옆에 내려 두고는 두 손으
로 잔을 받았다.

슬쩍 보니, 박재영의 잔이 비어 있었다.

"제가 따라 드리겠습니다."

"아냐. 괜찮아."

박재영은 자신의 잔을 채운 뒤 그 잔을 들어 올렸다.

"건배하자고."

"네."

건배를 하고 잔을 비운 두 사람.

공안부장은 고개를 옆으로 돌려 잔을 비운 뒤, 안주를 먹지도 못하고 또 박재영이 따라 주는 술을 받았다.

"제가 따라 드리겠습니다."

"아냐."

다시 자신의 빈 잔에 술을 채우는 박재영.

"이범호가 이번에 4선인가?"

"그렇습니다."

"최낙경은?"

"3선 도전입니다."

"최낙경이 요즘 잘나가지? 그 양반은 별일 없으면 또 될 거야?"

"네, 그럴 것 같습니다."

"거 어디지? 인구수 하한 미달 지역……."

"중구, 성동구입니다. 통폐합되었습니다."

"그래, 거기. 중구, 성동구……."

"새정의당 지영선 후보도 3선입니다."

"지 후보도 무난할 거 같고……."

"네. 저도 그렇게 생각합니다."

"그래……."

그렇게 안주를 대신해 총선 후보들의 이름이 거론되며 술이 오갔다.

모두 다 검찰 출신으로 국회의 거물들이었다.

"근데 안주를 왜 안 먹어? 어서 먹어."

"네, 검사장님도 좀 드십쇼."

"그래, 김 부장도 많이 먹어."

같은 검사장인데, 누구는 검사장님이라 불리고 누구는 부장이라 불렸다.

박재영이 먼저 젓가락질을 하자, 공안부장도 안주를 집어 먹었다.

머릿속으로는 박재영이 언급한 이름들을 잊어먹지 않도록 계속 되뇌며.

◇ ◆ ◇

강남호프집.

유정은 언제 술에 취했냐는 듯 멀쩡한 상태로 돌아왔다.

인수의 연락을 받고 나온 윤철이 유정의 옆에 앉으려고 의자를 뺐다.

"힉!"

하나 유정의 눈빛을 본 윤철이 조용히 뒤로 돌아 인수의 옆에 앉았다.

"알았다고. 너무 그런 눈으로 보지 말라고."

유정이 눈빛으로 내 옆에 앉지 말고, 저기 인수 옆에 앉으라고 가리켰기 때문이었다.

"어 우리 검사님. 진짜 오랜만입니다요. 근데 너 너무한 거 아니냐?"

"놈팡이랑 검사가 똑같냐? 둘이는 자주 만났나 봐?"

"어 저게 자꾸 나를 찾아. 귀찮게."

윤철이 거만한 표정으로 말하자, 유정이 피식하며 웃었다.

"뭐 조사해라, 알아봐라. 이놈은 심증은 가는데 물증이 없다. 물증 찾아내라. 하여튼 혼자 할 수 있는 일이 하나도 없어요."

"뭐야? 도대체 누가 형사야?"

"어, 내 말이."

유정은 윤철의 말을 듣는 둥 마는 둥 맥주만 홀짝거렸다.

탁자 밑에서는 유정의 맨발이 인수의 허벅지 사이를 건드리고 있었다.

그러니 인수의 얼굴이 무표정한 상태로 변했다.

가장 화가 났을 때의 표정이라는 것을 유정이 모를 리가 없었다.

"거 되게 비싸게 구네."

"무슨 말이야?"

윤철이 분위기 파악을 못한 채 물었다.

"그런 게 있어 이 뚱땡아."

"근데 유정이 네가 부탁한 거야?"

"뭘?"

인수가 고개를 갸우뚱했다.

탁자 밑, 빠져나갔던 유정의 발이 다시 인수의 허벅지 사이를 파고 들어갔다.

"진짜 혼난다?"

"알았어!"

"뭐냐?"

"그런 게 있다고!"

윤철이 몸을 숙여 탁자 밑을 보았다.

유정이 발을 꼰 상태로 달달달 떨고 있었다.

윤철은 한쪽 신발을 벗어 던진 그 발이 참 예뻐 보였다.

"발 예쁘다."

"이런 미친 뚱땡이가!"

"와, 도대체 왜 나한테 화를 내는 거야?"

"혼날 소리만 하고 있잖아?"

"아니, 예쁘다는 게 혼날 소리야?"

"네가 그러면 범죄야."

"와 억울하다, 억울해."

"그러게. 유정이 넌 왜 윤철이 못 잡아먹어서 안달이냐?"

"그치, 인수야?"

"흥!"

유정은 인수와 단둘이 있고 싶었던 것이다.

"근데 같은 부서인 거, 박재영이 부탁한 거야?"

"아냐. 나야."

유정의 대답에 인수와 윤철의 시선이 유정에게 주목되었다.

"내가 부탁했어. 인수 옆으로 보내 주면 개처럼 충성하겠다고."

유정이 말하고는 맥주를 마시면서 인수를 뚫어져라 쳐다보았다.

인수도 여전히 무표정한 얼굴로 유정을 보았다.

묘한 긴장감이 두 사람 사이를 오갔다.

"어, 잘했어."

윤철이 재빨리 나섰다.

유정은 여전히 인수를 향해 뜨거운 구애의 시선을 보내고 있었다.

오늘 너만 오케이 한다면 나는 지금 당장이라도 모텔에 갈 수 있다는 그런 눈빛이었다.

언뜻 보면 술이 깬 것 같지만, 실상 여전히 취한 상태인 것이다.

"아무튼 이렇게 만났으니까 나도 너희들에게 부탁할 게 있다."

"뭐?"

인수가 두 사람의 귀를 모았다.

윤철이 곧장 귀를 가까이 했지만 유정은 입술을 삐죽거렸다.

"이번 선거판, 바로잡아야 할 인간들이 몇 명 있어서."

윤철의 두 눈이 동그래졌다.

◇ ◆ ◇

여당 3선 의원 이범호 후보 캠프.

띠링.

인터넷을 통해 지지율과 뉴스 기사를 확인하던 선거본부장이 자신에게 온 이상한 메일을 하나 발견하고는 클릭을 했다.

"뭐지?"

〈중앙선거관리위원회〉

수신인 : 이범호 후보 선거캠프 선거기획팀장 문일중.

발신인 : 중앙선거관리위원회 사무총장.

귀하의 무궁한 발전을 바랍니다.

불법정치자금수수 제230조, 제257조 1항에 의거 공직선거법 위반, 제45조 정치자금법 위반으로 고발 내용이 접수되어 본 선관위에서 조사관을 보내오니 빠른 업무진행을 위한 협조를 바랍니다.

그 밑으로는 중남기업과 백학기업 그리고 삼송기업으로부터 불법 선거자금을 받은 내용이 상세하게 적혀 있었다.

마우스를 붙잡고 스크롤바를 내렸다가 올리기를 반복하고 있는 이 남자.

화면이 뚫어져라 공문을 보고 또 보고 있는 이 남자. 선거본부장의 두 눈동자와 손은 파르르 떨렸다.

"헉! 의원님! 큰일 났습니다!"

정신이 번쩍 들자, 벌떡 일어날 수밖에 없었다.

메일을 열어 본, 선거본부장이자 사무장까지 맡고 있는 윤호석은 부리나케 이범호 후보를 찾았다.

"뭐야? 왜 호들갑이야?"

"의원님! 메일! 메일 보세요!"

한바탕 소란에 홍보물을 정리하던 기획팀장이 옆으로 다가왔다.

기획팀장과 함께 메일을 확인한 이범호의 두 눈이 동그래진 채로 부르르 떨렸다.

역시나 마우스를 붙잡고 있는 손도 함께 떨렸다.

꿀꺽.

누군가의 침 넘어가는 소리가 크게 들렸다.

그러다가 세 사람의 눈이 동시에 마주치며 눈빛을 교환한 순간이었다.

세 사람은 한 몸처럼 동시에 움직였다.

동작이 굉장히 빨랐다.

선거본부장 윤호석이 노트북을 열린 상태로 들어 올리며 전원을 뽑았고, 이범호와 기획팀장 문일중은 즉시 옆에 있는 노트북을 이용해 자신에게도 메일이 온 것이 있는지 확인했다.

"없어? 나는 없어."

"네, 저도 없습니다."

"알았어. 일단 들어가."

이범호 후보가 제일 먼저 도망치듯 선거운영위원회 회의실로 들어가 의자에 털썩 주저앉았다.

그의 입에서 망했다는 듯 한숨이 터져 나왔다.

윤호석이 노트북을 든 채로 그 뒤를 따라 들어갔고, 기획팀장 문일중이 마지막으로 주변의 눈치를 살피더니 운영위원실 문에 걸린 푯말을 뒤집었다.

-회의 중. 출입금지-

문일중은 안으로 들어간 뒤 문을 걸어 잠갔다.

딸깍.

"씨발, 어떻게 된 거지? 어디서 찌른 거야?"

이범호가 두 손으로 머리를 붙잡고 쥐어 싸며 혼자 중얼거렸다.

윤호석은 의자에 앉아 회의실 중앙을 차지하고 있는 원형 탁자에 노트북을 올리고는 메일을 또 확인했다.

문일중은 안에서도 창문을 통해 밖의 눈치를 살폈다. 율동팀이 들어와 깔깔거리며 커피와 음료수를 챙겨 나갔다.

문일중은 율동팀이 밖으로 나가자 블라인드를 내려 안과 밖을 차단시켰다.

"어떻게 하지? 조사관은 몇 시에 온다는 거야? 지금 온다는 거야?"

문일중이 블라인드를 치고 자리에 앉자, 이범호 후보가 두 다리를 달달달 떨며 물었다.

표정을 보아하니 가관이었다.

극심한 한기에 시달리는 사람처럼 보였다.

"왜 이렇게 추워? 온풍기 틀어진 거야?"

윤호석이 재빨리 일어나 자신의 점퍼를 벗어 이범호의 어깨에 걸쳐 주었다.

온풍기의 온도를 최대로 올렸다.

이범호는 그 점퍼를 이불처럼 몸에 돌돌 감쌌다.

"조사관 막을 순 없어? 빨리 그쪽으로 사람 알아봐!"

"알겠습니다. 그런데요, 형님. 메일은 분명 저에게 왔는데 수신인은 왜 문 팀장으로 되어 있을까요?"

"저요?"

"뭔 소리야? 어디 봐."

이범호가 노트북을 자신의 앞으로 돌려 다시 확인했다.

선거본부장 윤호석의 말이 맞았다.

수신인이 기획팀장 문일중이었다.

"계정 확실해? 일중이 네 것 아니야?"

"아니요, 형님. 제 계정이 맞습니다."

"네. 형님 계정이 맞습니다."

"그러고 보니, 왜 메일을 여기로만 보냈지? 이것도 이상한데?"

이범호는 다시 자신의 메일 계정으로 들어가 중앙선관위에서 온 공문이 있는지를 확인했다.

문일중도 이범호를 따라 자신의 계정을 확인했다.

공문의 수신인은 분명 선거기획팀장 문일중 자신이거늘 왜 메일이 선거본부장에게만 보내진 것일까?

이번 총선은 SNS 선거운동을 공식적으로 허용하는 첫 선거였다.

다른 곳으로는 중앙선관위에서 보내온 공문이 전혀 없는데, 선거본부장이자 사무장에게만 공문이 왔다.

한데 그 수신인은 문일중 기획팀장, 바로 자신.

문일중은 눈앞이 새하얗게 변하는 와중에도 딱 하나만 생각났다.

독박?

그렇게 캠프가 혼란 상태에 빠져 있는 그때, 선거본부장의 계정으로 또 하나의 메일이 도착했다.

띠링.

"내가 볼게."

이번에는 이범호 후보가 직접 메일을 열어 보고는 기겁했다.

"이번에는 자네야."

선거본부장 윤호석의 동공이 더 이상 커질 수 없을 정도로 크게 확장되었다.

중앙선관위에서 보내온 두 번째 공문이었다.

이번 메일의 수신인은 바로 자신, 선거본부장 윤호석이었다.

〈중앙선거관리위원회〉

수신인 : 이범호 후보 선거캠프 선거본부장 윤호석.

발신인 : 중앙선거관리위원회 사무총장.

귀하의 무궁한 발전을 바랍니다.

귀하의 공직선거법 위반 관련 조사가 진행될 예정입니다.

조사관 도착 예정시간은 22시 정각입니다. 투명한 선거가 진행될 수 있도록 빠르고 적극적인 협조를 부탁드립니다.

"……."

"……."

"……."

다시 세 사람의 눈빛이 마주치며 불꽃이 튀었다.

이번에는 서로 다른 생각을 품고 있었다.

두 사람의 눈치를 살피던 이범호는 즉시 대포폰을 들고는 밖으로 나갔다.

"후보님, 어디 가세요?"

"잠깐 전화 좀 하고 올게."

이범호는 캠프를 빠져나가자마자, 자신의 자동차로 달려갔다.

주위를 살핀 뒤, 문을 열고 들어가 잠갔다.

"왜 이렇게 추운 거야!"

시동을 걸어 히터를 최대한 올렸다.

그렇게 밖을 살피며 누군가에게 전화를 걸었다.

대검 공안기획관 박수남.

사법연수원 동기이자, 이범호가 3선에 당선되었을 때 선거법 위반으로 입건되었건만 무혐의 처리를 이끌어 낸 공안검사에 정치검사였다.

"여보세요!"

[어이 친구. 야밤에 무슨 일이야?]

"그새 잤어? 일어나 봐! 빨리 잠 좀 깨 보라고!"

[뭔데?]

"정신 똑바로 차리고 지금부터 내가 하는 말 잘 들어! 선관위에서 메일이 왔어!"

[선관위? 무슨 메일?]

"무슨 메일은 씨발! 조사 협조 공문이라고!"

[뭔 소리야?]

"아 이 씨발! 뭔 소리가 뭔 소리야! 지금 당장 조사관이 온다잖아!"

[거참, 일을 또 어떻게 처리한 거야? 알았어. 내가 알아볼 테니까 진정해.]

"빨리! 빨리 알아보고 연락 줘!"

휴대폰을 손에 꼭 쥔 이범호 후보가 계속해서 욕을 내뱉었다.

"씨발! 씨발! 씨발!"

하지만 이 모든 메일은 윤철이 중앙선관위 사무국장의 메일 계정을 해킹해 직접 보낸 것이었다.

캠프 가까운 곳, 차를 주차시키고는 차 안에서 메일을 보낸 윤철은 시계를 보았다.

9시 50분.

"유정이 네 차례다."

"알았어. 다녀올게."

유정이 조수석에서 검정색 헬멧을 착용하며 밖으로 나가 오토바이의 시동을 걸었다.

부아아앙!

굉음과 함께 유정이 오토바이를 몰아 캠프로 향하는 뒷

모습을 보며 윤철은 호프집에서 인수가 했던 말을 떠올렸다.

"총선이 코앞이야. 절대로 발을 내디뎌서는 안 될 놈들 때문에 앞으로 두 사람의 도움이 절실하게 필요할 거 같아."

윤철은 매우 반가운 표정이었다.

인수를 위해, 또 세상을 바꾸기 위해 무엇인가를 할 수 있다는 게 영광이었다.

하지만 유정의 표정은 덤덤했다.

오늘 이 남자를 덮칠 계획은 물 건너갔다는 듯.

"이런 쓰레기에 무능한 것도 모자라 검사 시절 동안 정권의 칼잡이가 되어서 무고한 사람들을 잡아넣던 놈들이 이제는 국회의원이랍시고 거드름 피우며 국회에 발을 계속 내딛는 거 난 절대로 용납 못 해. 받아 처먹는 것도 어지간히 받아 처먹어야지 원."

인수는 말을 하다가 두 사람의 표정을 살폈다.

뭔 소리냐는 표정이었다.

"이범호, 최낙경, 지영선, 함춘길, 백상호……."

박재영이 공안부장에게 언급한 사람들의 이름이 인수의 입에서 흘러나왔다.

"예를 들어 보자. 여당 3선 의원 이범호."

"거물이잖아?"

"그래 거물이지. 이 양반은 과거 신약사건에도 연루되어 있어. 제3세대파의 스폰 검찰 출신으로 죄질이 매우 나빠. 그때 역시 지금 정권처럼 방송국과 언론을 점령하던 시기야. 그때에도 정권의 칼잡이로 앞장서서 아무 죄도 없는 PD들과 기자들을 구속시킨 장본인이기도 하고. 몇 달 전에도 중남기업 노무팀장이 전해 준 3억 6천을 받아 처먹은 인간이야. 하지만 지지율은 높지."

"누구야? 누가 검찰 내부에서 봐주는 거야?"

"좀 조용히 듣기나 해, 이 뚱땡아."

인수가 이 판을 짜기 시작했을 때였다.

가장 효율적으로 월척들을 줄줄이 낚아 올릴 준비를 하며 제1타깃을 이범호로 결정했다.

인수가 재래시장에서 선거운동을 하고 있는 이범호 의원의 옆을 스쳐 지나갔을 때였다.

화이트존으로 점검에 들어가자, 5만 원 권 지폐로 가득 찬 음료수 박스 3박스를 불법 선거자금으로 받는 장면이 확인되었다.

공공연한 선거운동 장소에서 범죄가 이루어졌다.

중남기업 노무팀장에게 돈이 든 음료수 박스를 전해 받은 선거본부기획팀장 문일중이 아주머니들에게 음료수를 나누어 주는 과정에서 박스를 바꿔치기한 장면을 잡아낸 것이다.

3억 6천이었다.

하지만 이제 시작이었다.

'아휴, 뭘 그걸 굳이 아시려고 그러십니까? 뭐, 꼭 알고 싶다고 하시니 말씀드리겠습니다. 중남기업은 비타 박스 3박스를 보냈습니다.'

중남기업은 3박스.

기획팀장 문일중이 백학기업과 삼송기업 노무실장들을 상대로 협박하자, 그들은 중남기업보다 더 주면 더 주었지 덜 줄 수가 없었다.

인수는 새삼 느꼈다.

기업들은 돈을 참 잘 준다.

거기에 이범호의 과거 악행이 하나 더 잡혔다.

이범호가 자신의 집 앞마당에서 알루미늄 야구방망이로 운전사를 폭행하는 장면이 화이트존에 걸린 것이다.

"어 근데 그걸 어떻게 알아?"

"그것까지는 내가 말해 줄 수가 없어."

"뭐야?"

"너희들은 날 무조건 믿어야 돼."

인수가 윤철의 눈을 똑바로 보았다.

윤철이 고개를 끄덕였다.

다른 사람은 몰라도 인수의 말이라면 팥으로 메주를 쑨다고 해도 믿는 윤철이었다.

"그러니까, 이 뚱땡아. 지금 인수가 하는 말은 그 증거를 우리 특기로 수집하라는 거잖아. 맞지?"

"아니. 틀렸어."

유정의 표정이 굳어졌다.

"그게 아니야?"

"시대가 바뀌었어. 함정수사 이런 거 이제는 그만."

"그럼 뭘 어쩌겠다는 건데?"

"작전명부터 말해 줄게. 작전명은 굴비 엮기."

"굴비 엮기?"

"그래. 시작이 매우 중요해. 시작은 흔들기부터. 지금 대검 공안부에서는 선거법 위반으로 후보자 947명 중에 104명을 입건할 준비가 되어 있는 상태야."

"그렇게나 많아?"

"이건 아무것도 아니야. 물론 '난 정말 몰랐습니다.' 라면서 억울함을 호소하는 사람들도 몇 명 있겠지만, 대부분이 형편없는 무개념 인간들로 자격 박탈감이지. 선거가 끝나면 서로가 서로를 고소하고 고발하면서 선거법 위반으로 입건되는 사람만 총 3천여 명."

"헐."

"하지만 구속되는 숫자는 100명을 넘지 않아. 특히 이범호 같은 놈들은 그전에 다 빠져나가는 게 문제지. 기소는커녕 입건조차도 안 돼."

"뭐 다 같은 편에 같은 연놈들이니까. 특히 검찰이 문제야."

유정이 팔짱을 끼며 말했다.

"아니야."

"아니야?"

"검찰은 절대로 이런 놈들의 편이 아니야. 검찰은 그 누구의 편도 아닌 오직 검찰의 편. 정권의 시녀? 웃기지 마라 그래. 지금 그 핵심 인물이 바로 박재영이야."

인수의 말에 유정의 눈이 빛났다.

"박재영은 놈들을 봐주는 게 아니라, 발목을 잡는 거야. 언제든 입건해서 기소까지 가능한 모든 증거를 손아귀에 쥐고 있지만, 그냥 둘 때와 버릴 때를 아주 잘 알고 있지. 거기에는 대통령도 예외 없어. 박재영에게 발목 잡히는 사람은 그의 손에서 카드처럼 무조건 놀아날 수밖에 없는 게 현실이야."

"무서운 인간이네."

"더 무서운 건 박재영이 털어서 먼지 하나 나오지 않을 만큼 법 앞에서만큼은 아주 깨끗하다는 거야. 자신이 깨끗하고 끓리는 것이 없으니까 그런 놈들을 상대로 큰 힘을 발휘하는 것이고. 하지만 난 그런 꼴 못 봐. 검찰의 역할은 그런 것이 아니니까."

"역시 우리 박 검사님이셔."

"중요한 것은 형식적인 입건이 아닌 흔들기. 일명 거물들, 힘이 있고 줄이 있는 자들은 흔들기를 정말 잘해야 돼. 아까 말한 것처럼, 박재영을 비롯해 검찰 내부에서도 뒤를 봐주는 놈들이 있으니까 기소까지 가지도 않거든. 하지만 이자들이 가장 무서워하는 게 뭘까?"

"한 표. 유권자. 지지율 하락."

"빙고. 양쪽을 흔들면 어떻게 될까?"

"서로 이간질?"

"그렇지. 그러면 놈들은 어떻게든 수습하려고 서로 무리수를 두게 되어 있어."

유정은 인수가 놈들을 어떻게 흔들지, 그것이 기대되기 시작했다.

"범법자들은 궁지에 몰리면 반드시 무리수를 두고, 그 무리수로 인해 그동안 쌓은 공든 탑을 스스로 무너뜨리지. 그때가 되면 법정에 세울 증인들과 증거들도 자연스럽게 생겨나. 믿고 있던 동아줄이 썩은 줄이라는 사실을 알게 된 순간, 와해된 놈들은 서로 살려고 불기 시작하니까. 결국엔 굴비처럼 다 엮이게 되는 거고."

"난 그림이 잘 그려지진 않지만, 어쨌든 그렇게 입건되면 직접 기소 들어가는 거야? 근데 기소검사가 공판검사까지 가나? 뭐 아닌 경우도 있겠지? 아무튼 우리 박 검사님께서 법복 차려입으시고 법정에서 이놈들을 상대로 혼내 주는 거 빨리 보고 싶다."

윤철이 자리에서 벌떡 일어나 공판검사 흉내를 냈다.

"재판장님, 지금 피고인은 전혀 반성하지 않고 있습니다. 피고인은 공정성을 훼손한 행위로 엄중한 처벌이 필요하다고 판단됩니다. 이에 본 검사는 피고인에게 사형을 선고합니다."

"저 미친 놈."

"사형은 너무했나? 근데 과연 몇 놈이나 줄줄이 엮일지 기대된다. 와, 빨리 보고 싶다."

"그 전에 해야 할 일이 또 있어."

인수가 씩 웃자, 유정이 고개를 갸우뚱거렸다.

제38장. 등잔 밑

트리니티 레볼루션
Trinity
Revolution

제38장. 등잔 밑

부아아앙.

어둠을 뚫고, 검정색 오토바이가 이범호 후보 선거캠프 앞에 도착했다.

선거법 위반으로 밤 10시에 조사를 진행하겠다는 협조요청 공문을 보낸 윤철이 똑같은 내용을 기자들에게 흘려서 기자들이 대기하고 있는 상황이었다.

밤 10시.

오토바이의 굉음에 놀란 기자들이 이거 뭔가 심상치 않음을 느끼고 모여들었다.

그리고 그 오토바이에서 내린 검정색 복장의 정체불명인. 헬멧을 벗었는데 사납게 생긴 여자다.

이범호는 안에서 밖을 내다보고는 선거본부장을 내보냈다.

"빨리 나가 봐!"

지금 이범호에게 가장 무서운 것은 중앙선관위 조사관보다는 기자들이었다.

"이 후보님? 안에 계신가요?"

"뭡니까?"

선거본부장 윤호석이 안으로 들어오려고 하는 유정을 막았다.

유정이 신분을 확인하는 목줄을 내밀었다.

목줄에 걸린 중앙선관위 조사관 출입증을 내민 것이다.

물론 가짜다.

"공문 보셨을 텐데요? 못 보셨어요?"

"후보님 바쁘십니다. 돌아가세요. 기자님들! 뭔가 오해가 있는 거니까, 사진 찍을 필요도 없습니다. 당신, 조사관이면 다야? 무고죄와 명예훼손으로 고소할 거야! 알았어? 한번 끝까지 가 봐?"

"네, 저는 일단 업무상 확인을 해야 합니다. 빠른 업무 협조 부탁드립니다. 후보님께서 지금 바쁘시면 기획팀장? 문일중? 이분을 만나는 게 빠를 거 같은데요."

"도대체 뭐 하자는 겁니까?"

그때 캠프 안에서 문일중이 나왔다.

당당한 모습이었다.

"안녕하세요, 문 팀장님? 중앙선관위에서 나왔습니다. 제가 몇 가지 확인할 게 있는데요, 박수남 대검 공안기획관 아시죠?"

문일중의 두 눈이 커졌다.

안에서 엿듣고 있던 이범호의 두 눈도 커졌다.

"그런데요?"

각 기업들로부터 불법 선거자금을 모아들이는 총책이 기획팀장 문일중이고, 이범호의 뒤를 봐주는 자가 바로 박수남 공안기획관이기에.

"그분께서 보내 주신 동영상을 확인했거든요."

"뭐? 지금 이 여자가 무슨 소리를 하고 있는 거야? 뭔 동영상?"

"성수사거리. 그 사거리에서 중남기업 노무팀장에게서 문 팀장님이 음료수 박스 세 박스를 받는 걸 동영상을 통해 제가 직접 보았거든요…… 어머! 왜 이러세요! 더럽게 손으로 입을 막고 그러세요?"

문일중이 깜짝 놀라서 유정의 입을 손으로 막고 말았다.

본부장 윤호석도 기자들이 플래시를 터트리며 사진을 찍자 화들짝 놀랐다.

"일단 들어갑시다. 들어가서 얘기합시다. 안으로 들어오세요."

"후보님 안에 계세요?"

"네. 계십니다. 그러니 들어갑시다."

유정은 문일중의 안내로 선거캠프 안으로 들어갔다.

이범호는 일단 적당히 쫓아내라고 했는데, 오히려 선거본부장과 기획팀장이 조사관과 함께 들어오자 불같이 화를 냈다.

밀려온 한기에 달달 떨다가 열이 받아 옷까지 벗어 던졌다.

"지금 뭐 하자는 거야! 당신 말이야, 내가 누군지 알아? 선관위면 다야?"

"어머! 안녕하세요, 후보님? 알죠. 잘 알고 있죠. 운전기사한테 야구방망이도 잘 쓰시던데요? 2005년 12월 13일 음주뺑소니 잘 넘어가셨죠? 남한테 뒤집어씌우고는 약속도 안 지키고, 그 말 좀 꺼냈다고 야구방망이로 사람을 그렇게 때리고 내친 거 맞죠?"

이범호의 두 눈이 동그래졌다.

아무도 모르는, 이미 오래된 개인적인 일까지도 어떻게 아는 거지?

그때 쫓겨난 놈이 그 보복으로 돈을 받는 장면을 몰래 찍어 선관위에 찌르기라도 했단 말인가?

그때 기획팀장 문일중이 이범호의 옆으로 다가가 귓속말을 전했다.

"동영상을 박 검사님에게 받았다고 합니다."

"뭐야? 박 검?"

믿을 수가 없었다.

수남이는 오래된 친구이기에.

이범호가 깜짝 놀라는 그때, 문일중이 유정을 깍듯이 모셨다.

"일단 안으로 들어가시죠."

"그럴까요?"

네 사람은 운영위원회 회의실로 들어갔다.

-회의 중. 절대 출입금지-

유정은 푯말을 보며 터져 나오려는 웃음을 겨우 참아 냈다.

출입금지 앞에 '절대'라는 단어가 급조된 글씨로 써져 있었다.

"여기 앉으십시오."

유정이 말을 잘 듣는 사람처럼, 문일중이 안내한 자리에 앉았다.

"뭔가 오해를 하고 계신 것 같습니다만…… 음료수입니다. 음료수를 받는 게 뭐 잘못되었습니까?"

"저도 오해였으면 좋겠어요. 하지만 중남기업 노무팀장이 그 음료수 박스에 돈을 차곡차곡 담는 것도 동영상을 통해 확인했습니다. 백학도 그렇고 삼송도 그렇고. 박스도 많은데 왜 다들 그 박스를 선호하는 거죠?"

"잠깐만요!"

윤호석이 유정의 말을 끊었다.

창가에서 블라인드를 살짝 추켜올려 밖을 보자 기자들이 이곳까지도 곧 밀려들어 올 기세였다.

이범호와 윤호석, 그리고 문일중의 시선이 모두 유정에게 집중되었다.

"아하하하…… 좋습니다. 그 동영상 지금 있습니까?"

문일중이 배짱으로 나왔다.

눈으로 확인하기 전까지는 버텨야만 했다.

"있으면요? 그런데 그걸 나만 가지고 있는 게 아닌데 어쩌죠?"

"이 미친…… 도대체 무슨 말을 하는 거야?"

이범호가 부글부글 끓어올라와 곧 터져 버릴 것만 같은 화를 겨우 삼켰다.

밖에서 듣는 귀가 있어서 차마 욕을 하지는 못했다.

"자, 빠른 업무 협조를 위해 묻는 말에 솔직히 대답해 주시길 바랍니다. 지금 이 시간 조사가 제대로 이루어지지 않으면, 공직선거법 위반 관련 적법한 절차에 따라 입건 조사로 넘어갑니다."

"그거 음료수야! 그냥 음료수를 지원받은 거라고! 나 말이야! 하늘을 우러러 한 점 부끄럼이 없는 사람이 바로 나야, 나!"

이범호가 자신의 가슴을 손바닥으로 팍팍 쳤다.

이런 미천한 계집 따위, 제아무리 중앙선관위 조사관이라 한들 강하게 나가면 결국 꼬리를 내리기 마련이었다.

"알겠습니다. 그러시다면 뭐, 저는 이만 가 보도록 하겠습니다. 협조해 주셔서 감사합니다."

유정이 갑자기 일어서더니 뒤도 돌아보지 않고 나가 버렸다.

그러다가 문 앞에서 멈추더니, 박수를 딱! 치며 말했다.

"아 참! 박수남 검사님 지시대로 중남기업과 백학, 삼송을 먼저 들렀어야 했는데."

이범호를 비롯한 회의실 안의 사람들은 모두 다 명한 표정으로 서 있을 수밖에 없었다.

유정이 나간 뒤, 기자들이 절대 출입금지라는 팻말을 무시하고는 운영회의실 안까지 밀고 들어왔다.

이범호는 진땀을 빼야만 했다.

밀려들어 오는 기자들 사이로 선거캠프를 빠져나가는 유정이 씩 웃었다.

유정은 기자들 사이를 빠져나가며, 호프집에서 작전을 짜던 날 인수가 했던 말을 떠올렸다.

"근데 기소 전에 할 일이란 게 뭐야?"

"먼저 시민단체에게 정보를 넘겨주는 일. 시민단체는 독립 언론을 끼고 있거든. 이게 핵심이야. 그동안 언론이 밝혀내면 수사기관은 감춰 왔지. 봐주기 수사에 전관예우까지. 그래서 기업 실무자들은 훗날을 도모하며 입을 꾹 다물고. 하지만 지금은 시대가 바뀌었어. 네티즌이 불매운동을 벌이면 대기업도 휘청거리는 게 현실이야. 시민단체와 독립 언론까지 나서서 터트리면 SNS를 비롯해 온라인상에 거대한 여론이 형성되지."

"그거였군."

"그래. 검찰총장이라도 더 이상 뒤를 봐주지 못하지. 그때가 되면 기소는 검찰이 하는 게 아니라 시민이 하는 거야. 결국 그 상황까지 몰리면 지지율이 하락해서 선거도 끝이고 정치생명도 끝이고, 결국 법정에 서면 인생도 끝."

"상황이 여기까지 오면 기업 실무자들은 서로 앞다투어 불 수밖에 없겠네."

"서로 살겠다고 불면 받아 처먹은 다른 후보들도 결국 다 엮이게 되는 거고."

"꼭 그런 정치인들이 감방에서 몇 년 살고 나오면 재기해 보겠다고 몸부림치던데."

"그러게. 역시 의원님들은 대단하셔."

"일단 너희들이 해야 할 일은 거기까지야. 윤철이는 유정이를 지원사격해 주고. 그러면 나머지는 내가 다 알아서 할게."

"오케이. 접수됐어. 그러니까, 우리가 해야 할 일은 이범호

트리니티 레볼루션
Trinity
Revolution 4

부터 시작해 최낙경 등 놈들의 캠프를 돌며 서로 흔들어 이 간질시키고 무리수에 빠뜨리기. 그 무리수는 동지를 적으로 바꾸는 것이고."

"그렇지."

인수가 씩 웃자, 유정이 고개를 끄덕이며 맥주를 홀짝거렸다.

그러다 갑자기 남은 맥주를 한입에 비우더니 탁자에 탁 내리며 물었다.

"중수부장은?"

인수가 유정의 잔에 맥주를 채워 주며 대답했다.

"일부러 감출 필요는 없어. 아마, 깜짝 놀라겠지. 이미 여론이 커진 상황이면 손을 쓸 수도 없을 테고."

"그런데 언제부터 준비한 거야?"

"오래전. 너희들 코 흘리고 다닐 때부터."

"알았어. 바로 작업 들어가겠어."

그때 두 사람의 대화를 잠자코 듣고만 있던 윤철이 물었다.

"근데…… 이것도 일종의 개입 아닐까? 검찰이 총선에 개입해도 되는 거야?"

"좋은 말이야. 하지만 그 개입. 박재영처럼 안 될 놈을 되게 하는 게 개입이지, 안 될 놈을 안 되게 하는 건 당연한 거지 개입이 아니야. 그런 쓰레기들 때문에 진짜 국민을 위해 열심히 일할 일꾼이 떨어지면 안 되잖아. 이건 개입이 아니라 바로잡는 과정이야."

부아아앙!

유정이 그날의 대화를 떠올리며 오토바이의 시동을 걸었을 때, 선거캠프에서 기자들과 이범호 후보의 사람들이 격렬한 몸싸움을 벌이고 있었다.

유정은 윤철의 차로 돌아왔다.

"보고서 올려야지?"

"지금 작성 중."

"여자 조사관 계정으로 올려. 디테일에 악마가 숨어 있다는 말 알지? 기껏 백점짜리 답안지 작성하고는 이름 안 써서 제출하면 빵점인 것처럼 다 잘하고 그런 거 실수하면 도로 아미타불이야."

"어 중앙선관위에 여자조사관이 없는데?"

"죽을래?"

"뭔 농담을 못 해."

윤철은 중앙선관위 조사관의 메일 계정으로 들어가 선관위 위원장과 사무총장에게 보고서를 작성해 올렸다.

오프라인에서는 고소고발로 인한 조사관 파견에 관한 직접적인 지시를 내린 사람이 없지만, 온라인에서는 공문을 통한 기록이 남아 있는 것이었다.

◇ ◆ ◇

　출근해서 메일을 열어 본 중앙선관위 사무총장은 고개를 갸우뚱거렸다.

　이런 공문들을 보낸 기억이 전혀 없기 때문이었다.

　조사관을 호출해 물어보았지만, 조사관 역시 억울하다며 귀신이 곡할 노릇이라고 대답할 뿐이었다.

　"큰일 났네. 이 거물들을 건드린 것도 모자라 벌집을 쑤셔 놓았으니 어쩌면 좋아?"

　자신이 직접 보낸 공문들을 하나씩 확인하는 사무총장은 말 그대로 안절부절 좌불안석이었다.

　그때 조사관이 홈페이지를 열어 보더니 소리쳤다.

　"사무총장님! 보세요!"

　"뭘 봐?"

　"홈페이지요!"

　"……?"

　사무총장은 선관위 홈페이지를 열어 국민참여소통란을 클릭했다.

　자유게시판부터 시작해 질의와 문의게시판이 온통 칭찬 일색으로 도배되어 있었다.

　-선관위 짱입니다!-

　-통쾌합니다!-

-공정하고 공명한 선거를 위해 계속 노력해 주세요!-

그때 전화기가 울렸고, 기자들이 들이닥쳤다.

사무총장은 이미 마음의 준비가 되었다.

"공정하고 공명한 선거가 이루어지기 위해 최선을 다하겠습니다."

기자들이 카메라 플래시를 터트리기 시작했다.

◇ ◆ ◇

새벽 1시, 이범호 후보 선거캠프.

"내가 살아야 너희들도 사는 거야? 알지? 잘 판단하라고."

"네, 의원님."

"알겠습니다. 전 이미 오래전부터 의원님에게 제 목숨을 바쳤습니다."

"그런데 기사가 터지면……."

"염려 마."

이범호는 과거 정권이 방송국을 점령할 때부터 칼잡이 검사 노릇을 했기에 그 부분은 어느 정도 막을 수 있다고 판단하고 있었다.

지금도 정권을 비판하는 정치시사프로그램을 없애버린 각 방송국들의 이사장을 비롯한 사장들이 자신의 사람이기 때문이었다.

"준비됐어?"

"네, 됐습니다. 중남기업부터 시작하십쇼."

"알았어. 잠깐만. 근데 중남이 김 팀장이었나?"

"박 팀장입니다. 삼송은 김 실장입니다."

"이놈도 박 씨야? 내 인생은 박 씨들이 죄다 원수들이야. 마누라부터 시작해서. 알았어. 에이 씨발."

이범호는 말끝마다 욕을 내뱉으며, 회의실을 빠져나갔다.

주위의 눈치를 살피며 자신의 차에 올라타 핸들을 부러져라 치더니, 준비된 문 팀장의 전화기를 들고는 통화 버튼을 눌렀다.

상대방이 받자마자 수화기에 대고는 소리를 고래고래 질러 댔다.

중남기업 노무팀장이었다.

이범호는 일부러 이 통화내용을 녹음시켰다.

"김 팀장님? 새정의당 이범호 후보입니다."

[후보님, 저는 박 팀장입니다……]

"아, 박 팀장님. 흠흠. 박 팀장님?"

[네, 말씀하십시오.]

"내가 오늘 우리 본부장과 기획팀장을 통해 매우 불미스러운 말을 전해 들었는데요. 지금 이 사안이 너무나도 중대한 사안이라 직접 통화를 좀 해야 할 것 같네요."

[네…….]

"도대체 어떻게 된 겁니까?"

[후보님…… 면목이 없습니다.]

"면목이 없다니요. 무슨 말씀이십니까?"

[제 실수입니다. 죄송합니다. 제가 후보님의 얼굴과 저희 회장님의 얼굴에 먹칠을 했습니다. 하지 말아야 할 짓을 했습니다. 제가 모든 것을 다 책임지겠습니다.]

"아니요. 그렇게 말씀하지 마세요. 전 이 중대한 사안에 대해 투명하게 알아야 하고 그 진실을 국민들에게 알려야 할 의무가 있는 사람입니다. 윗선에서 지시가 있었나요?"

[아닙니다. 이 모든 일은 다 제 개인적인 영위를 위해 스스로 벌인 일입니다. 회사에도, 후보님께도 죄송스러울 따름입니다.]

"하! 도대체 왜 그러신 겁니까? 공명정대해야 할 선거가 왜 이렇게 되어 버린 겁니까? 안타깝네요. 지금 전 국민들이 이번 총선을 지켜보고 있어요. 하! 이건 박 팀장님만의 책임이 아닙니다. 오히려 제 책임이 큽니다. 사람을 너무 믿었어요. 우리 윤 본부장과 문 팀장이 그럴 줄은 상상도 못했습니다. 제가 부린 사람들이니, 저도 책임을 져야죠. 당장 사퇴해야지 어쩌겠습니까?"

[아닙니다! 후보님, 그러시면 안 됩니다. 다 제 불찰입니다.

죄송합니다. 정말 죄송합니다. 힘을 실어 드린다는 게 그
만……]

"팀장님."

[네, 후보님.]

"제가 언제 팀장님께 돈을 달라고 했습니까? 저는 팀장
님 성도 잘 모르고 얼굴도 잘 모릅니다."

[네, 맞습니다. 그러신 적 없습니다.]

"알겠습니다."

이범호는 목적을 달성하자마자 전화를 끊은 뒤 녹음된
음성을 재생시켜 보았다.

자신의 무혐의를 입증하기에 충분했다.

한참을 씩씩거리다가, 또 다시 다른 곳에 전화를 걸었다.

백학과 삼송까지 같은 식으로 자신의 무죄를 입증할 만
한 녹음기록을 확보한 것이다.

"흠, 윤 본부장이 준비를 잘했네. 자, 다음은…… 이 새끼
이거…… 오늘 죽었어. 이게 나를 상대로 장난을 쳐?"

그 다음은 자신을 배신한 백그라운드였다.

"야! 너 도대체 뭐 하자는 거야?"

[무슨 말이야?]

"무슨 말이야? 지금 그런 말이 나와?"

[너 왜 이래?]

"왜 이래? 네가 더 잘 알면서 뭘 모른 체하는 건데? 도대체

나한테 왜 이러는 거야? 누구야? 누가 나 죽이라는 거야?"

[죽이긴 뭘 죽여? 너야말로 도대체 왜 이러는 거야? 아니, 사고 친 놈이 오히려 큰소리네? 너 미쳤어?]

"뭐야? 미쳤어? 와! 너 계속 이럴 거야?"

[뭘?]

"이 새끼 봐라?"

[새끼? 야 인마! 이범호! 너 왜 이래?]

"이 새끼 끝까지 오리발 내밀 기세네."

[뭔 오리발?]

"동영상!"

[동영상?]

"그래 동영상! 네놈이 건네줬다며!"

[뭔 동영상을 건네줘? 어떤 놈이 그래?]

"놈이 아니라 년이야!"

[아 그러니까 누가 그런 소릴 하냐고!]

"누구긴 누구야! 선관위 조사관이지!"

[아 나 진짜 미치겠네? 선관위 조사관을 내가 만난 적도 없는데 도대체 뭔 소리야?]

"박수남. 너 계속 이럴 거야? 하여튼 내 인생에 박 씨는 아주 씨발 다 죽여야 돼."

[미쳤네. 아주 제대로 미쳤어.]

"수남이 너 잘 들어! 네놈이 나한테 왜 이러는지 모르겠

막 기회야! 나 절대 혼자 못 죽어. 각 방송국과 신
문사 기자들 통제해! 기사가 한 군데라도 터지기만 하면 너
도 끝장이야! 알았어? 다시 말하지만 나 절대로 혼자 못 죽
는다!"

[야 인마! 범호야!]

"내 이름 부르지 마, 이 새끼야!"

이범호는 전화기를 끊고 나서 이를 갈았다.

"수남이 이 새끼 이거…… 나 잡아먹고 총장이라도 해
보겠다는 거야 뭐야?"

빵빵, 빠아아아앙.

이범호가 미친 사람처럼 발악을 하며 핸들을 내려치자,
경적이 길게 울려 퍼졌다.

자동차가 다 들썩거렸다.

그 모습을 윤호석과 문일중이 담배를 피우며 지켜보고
있었다.

〈5권에 계속〉

『임...
중원무...

전쟁의 끝...

"어머니가 ...

어린 시절부터 ... 가...
더 이상 기댈 곳... 없어진 그...
어머니가 남긴 유... 이 전해진다.

"가겠습니다, 그곳으로."

적옥의 팔찌를 왼손에 채운 채
언젠가 어머니에게 들었던 그곳으로 향한...

십만대산 어딘가에 위치한다는 그곳.
천마신교로.

중원무림이여, 두려워하라!
고금에 다시없을 천마가 등장하였으...

동천마검
東天魔劍

NEO ORIENTAL FANTASY STORY

2 1
동천마검 동천마검
魔劍 魔劍
東天 東天
동천마검 동천마검
東天魔劍
동천·신무협 장편소설